U0639849

桃花依旧笑春风

苏发灯作品精选

苏发灯 著

民主与建设出版社

·北京·

© 民主与建设出版社，2022

图书在版编目 (CIP) 数据

桃花依旧笑春风：苏发灯作品精选 / 苏发灯著 . --
北京：民主与建设出版社，2022.12
ISBN 978-7-5139-3844-0

Ⅰ . ①桃⋯ Ⅱ . ①苏⋯ Ⅲ . ①中国文学—当代文学—
作品综合集 Ⅳ . ① I217.2

中国版本图书馆 CIP 数据核字（2022）第 247227 号

桃花依旧笑春风：苏发灯作品精选
TAOHUA YIJIU XIAO CHUNFENG: SUFADENG ZUOPIN JINGXUAN

著　　者	苏发灯
责任编辑	周佩芳
出版发行	民主与建设出版社有限责任公司
电　　话	（010）59417747　59419778
社　　址	北京市海淀区西三环中路 10 号望海楼 E 座 7 层
邮　　编	100142
印　　刷	三河市同力彩印有限公司
版　　次	2022 年 12 月第 1 版
印　　次	2023 年 3 月第 1 次印刷
开　　本	710 毫米 ×1000 毫米　　1/16
印　　张	13
字　　数	200 千字
书　　号	ISBN 978-7-5139-3844-0
定　　价	49.80 元

注：如有印、装质量问题，请与出版社联系。

目　录

水土

风物

世相

水土

凤凰山记

    重庆开州，这个地处长江北岸、大巴山南麓，历经一千八百年洗礼的渝东北故城，在造山运动和水系流动的侵蚀切割下，形成了"六山三丘一分坝"的布局。地势所有的高低不平，城市所有的抑扬顿挫，都在贯通城乡两岸三里（开州按地域又分成江里、东里、浦里三个片区）的汉丰湖汇总，低调地为西南江河输送着原汁原味的血液。

    凤凰山又名盛山，位于开州城北，因山头形似凤凰，故得此名。雄为"凤"，雌为"凰"，顺应阴阳调和之意。开州多凤凰，有凤凰社区、凤凰城（小区名）、凤凰宾馆、凤凰山庄、凤凰酒家、凤凰歌城、凤凰学校，等等，当然，人名当中带凤字的和从这里飞出的"金凤凰"，更是不计其数。对开州人来说，影响更为深远的，恐怕非凤凰山莫属。

    开州城为簸箕形，四面环山。东有迎仙山，南有南山，西有帽壳顶，北面就是凤凰山了。按照古代的风水理论，若前有河水环绕，中有开阔原野，后有山脉连绵，必定为"玉带缠腰，前照后靠"的绝佳宝地。而地处凤凰山下的开州城，正符合这样的地形特征。难怪清人石彦恬在编修县志时，曾对此大为感慨："面毗卢之苍翠，枕盛山之巍峨，澎溪带其右，清水环其左，雄峙巴国，冠冕夔巫！"

近年来，随着移民新城的迁建和发展，迎仙、南山、帽壳顶均有明显开发优势，特别是帽壳顶，已经建成幽静宜人的城市公园，千步石梯万重秀色正以主人翁的开放姿势，喜迎四方来宾和返乡游子。开州世代盛行正月"上九登高"祈福之风，其登高集中之处已从原来的凤凰山，逐步转移至南山、帽壳顶等地，曾经盛极一时的凤凰山，随着老城的搬迁和淹没，早已人去山空，今非昔比。

作为一个见证了昔日老县城和凤凰山由极盛至极衰历程的过来人，我希望凤凰山能得到更多的关爱和关注。这种关爱和关注，不是对小孩被粗暴抢过美食后哇哇大哭的安抚，更不是对美妇人年老色衰由溺爱至冷弃后的垂怜，这种关爱，应是开州人对自身历史和文化主动的追溯和延续，以及对开州千年古城身份的自觉认同。

山上

凤凰山高约 600 米，方圆不过一平方公里多，除早些年为了观赏修建的仿古长廊、亭子及凤凰雕塑外，其余草木皆为自然生长。上山的路，皆由石梯组成，洋洋洒洒五千步，自上而下，形成一张未拉满的弓。

石梯有高有矮，坡度有急有缓。坡度最高时，呈 80 度几乎垂直的险地角度，如缺少锻炼，任你再年轻气盛的小伙子，下得山来，也腿脚打颤。通山石梯中途，均有亭子供人歇脚。整个山上有十来个亭子，从里面看，亭顶如一个正欲谢花的向日葵，在这里穿一朵，那里插上一根。又如一个火光正明的灯笼，为山体添热，为路人照亮。从外面看去，亭子如一顶顶粉色的线制六角帽，夏天替人遮阴，冬日为山保暖。

石梯内侧的堡坎，曾经满墙的壁画，如今已斑斑驳驳布满青苔、长满爬山虎。春夏之际，堡坎被爬山虎遮覆殆尽，占尽风头，到了秋冬时节，爬山虎如容姿枯竭水色全褪的邋遢老太，和渐占上风的青苔相存相依，如顺老太耳角垂下的杂乱、枯黄而花白的毛发。石梯的陡峭处，都有被漆成红色的铁质手扶栏杆，年长日久，栏杆由红至暗，由暗至黑，如今，已氧化成说不出的生冷颜色。栏杆两边有参天的大松树，也有杂草杂藤。杂藤先是和小草、泥土、鸟粪、虫子等相依为命、相依相成，等长到小指粗，有力气绕弯弯了，又和大树结伴而行，如屋外上楼的环形梯子，为人们构成了一道别致的风景。

凤凰山多坟。老城早年故去的人们，都葬在凤凰山上。山道两边墓碑比比皆是，但都是些老坟，从墓碑的年份来看，最早的已超过大半个世纪，碑文已黯然失色，但苍劲有力的字体，依然不掩石匠高超的技艺。不像现在四平八稳、千篇一律的电脑雕刻，越豪华，却越显不出虔诚。这些墓碑，并不让人们觉得害怕，即使是经过坟头，也不刻意躲闪，老人教小孩对着坟墓作个揖，默念个平安就过去了。这里，一年四季、一天到晚都有人爬山、游玩，早起锻炼、深夜下山，都没人把墓碑当成大忌讳，人们信奉平日多做和善事，半夜心里无鬼攥。或许，人们已默默地将地里的先人，当成庇护子孙后辈的山神。

一直往上，走过石梯最高最陡的地段，就到达仿古艺术长廊了，这里是凤凰山的标志物。那些年，开州人说到哪里玩耍，一般都是说到长廊，甚至连凤凰山这个主体都被省略了。好像除了长廊，开州已无别处去。长廊两边是齐小腿高的护栏，上面是仿古的白色顶子，两边的柱子上，均缠绕着一条条活灵活现的白龙，仿佛随时都跃跃欲试，对着眼前的汉丰湖这一湖活水，腾飞而去。

穿过长廊，让人留恋的，是八仙桥和十二生肖。所谓八仙桥，就是上面装点着铁拐李、汉钟离、张果老、蓝采和、何仙姑、吕洞宾、韩湘子、曹国舅一干仙人的塑像，塑像下面，有一座长满杂草、爬满爬山虎藤蔓的原生态拱桥。八个仙塑围成一圈，姿态各异，活灵活现。八仙中间，是一个立着的银色贝壳雕塑，中间镶嵌着一颗亮闪闪的"夜明珠"。多少年过去了，夜明珠仍然那样闪亮，如砂纸打磨过一般。城里人翻看老照片，几乎家家都能找到八仙和贝壳的影子。

十二生肖，在一棵大黄桷树树荫的庇护下，悄无声息地给孩子们上了认知动物的第一课。牙牙学语蹒跚学步的小儿，在爸爸妈妈或是爷爷奶奶外公外婆的指引下，奶声奶气地念着："狗儿，马儿，猪猪，眼睛儿，鼻子，尾巴儿……"大人笑了，咧嘴、露大牙，嘿……嘿嘿……小儿也笑了，挥动胖嘟嘟的小手，咯咯，咯咯。黄桷树仙风道骨一样的根部裸露在十二生肖面前的墙面上，如盘根错节的血管，也如利爪，牢牢地抓住墙根，顽强生长。用几十年如一日积攒下的绿荫，为人们遮风避雨，遮阴蓄阳。

告别八仙桥和十二生肖，长廊也基本走到了尽头，标志着凤凰山快到山顶了。早年，这里曾有不少的住户，都是些勤劳、朴实的山民，他们卖菜，肩挑背磨，上山担肥、下山挑菜，结实的身板，黝黑的肌肉，就像家里熏得油腻腻、黄灿灿的腊肉，一点也不比泰山的挑山工逊色。他们从山下背了矿泉水、方便面、奶茶、火腿肠上山卖点辛苦钱，或是生了火，做醪糟汤圆、煮酸辣粉、煮肉丝面，也卖早已拌好的凉面。春节、元宵、国庆或者什么节日都不是的好太阳天里，一家人忙活一天，能为上学的娃娃挣一周的伙食费和零花钱。然而，昔日的繁华早已褪去，长廊尽头，布满尘土的四方桌子和木椅木凳已缺腿褪色，上面堆了风干的树叶、爬了蛛网，谁用指头蘸着灰尘在桌上写下的"某某某我爱你，某某某猪狗不如，或是某某某是王八蛋"等话语依稀可见，仿佛一面透视人间情爱的冷暖墙。

在凤凰山顶部，那只20世纪80年代立起的凤凰雕塑，由于地基松动，底座已经开裂，呈塌陷之势。但站立在上面的银白色的凤凰，正迎着太阳的金光，展开翅膀，呈腾飞之势。千百年来，开州大山飞出的不计其数的金凤凰，就是以它为榜样吧？！

山中

一条 20 世纪初修好的北环路，从凤凰山的腰间穿插而过。北环路，不得不说是对开州新城的一大贡献，它成了世纪之交、连通城乡、开阔视野的一大献礼。

山上气象万千，有着更多的磅礴大气和景致。但山中，同样不缺风景。沿着凤凰雕塑往下走约一百步石梯，一个著名的岩观音依石壁而建。这座始建于民国初年的小庙，曾经香火鼎盛，为民间信士庙会祭祀圣地，随着时代的变迁，经几起几落，特别是历经"十年浩劫"后，更是遭到封禁和毁坏。90 年代初，在县里的主持下，岩观音得以恢复重建。百尊观音依岩肃立，里面楼台亭廊雕梁画栋巧夺天工，生动再现了昔日的兴盛景象，特别是门上的一副"正观世界千手拯救诸生，东渡慈航一心弘扬佛瀳"的楹联，给游人们留下了深刻的印象。

再往下行数十步石阶，若逢春季，便是一个桃花盛开的地方。这里的桃花却开得并不妖艳、不浓密、不张扬、不轻佻。这里几朵，那里一丛，仿佛沿河洗衣的几个朴实的农家女子，淡雅、自然，却不失端庄和妩媚。桃花深处，一块年代久远的石碑上书"桃坞"二隶书字，正符合人们对凤凰山、对家乡和对家乡人细水长流的思恋。

一步一景，一景一诗。唐代著名诗人、唐文宗时期宰相韦处厚专为盛山而作的《盛山十二诗》，就是对其最真实的写照。踏过桃坞，依石径平行而过，是一片青翠的竹林。竹子清瘦、奇绝、笔直，如苏轼画下之物。古风古韵，更如古人笔下之诗。进入竹林，却带给你无尽的惊喜！一方石碑上，赫然刻录着韦处厚的千古名句《盛山十二诗·竹岩》：不资冬日秀，为作暑天寒。先植诚非凤，来翔定是鸾。

　　再往下，穿过一片树林，挨近穿山而过的北环路，就到了梅溪。一片梅林，一弯拱桥，一溪流水，成了凤凰山除桃坞以外最诗意的所在，很容易让人想到宋代著名诗人陆游"驿外断桥边，寂寞开无主"的名句。梅花开得最热闹的季节，置身其中，在春日暖阳的陪伴下，仿佛随时都会从梅溪走出一个洁白如玉的梅韵佳人，陪你走上拱桥，在潺潺的溪水中，和你轻轻吟唱那首著名的《梅娘曲》：

　　　　哥哥，你别忘了我呀，

　　　　我是你亲爱的梅娘，

　　　　你曾坐在我们家的窗上，

　　　　嚼着那鲜红的槟榔，

　　　　我曾轻弹着吉他，

　　　　伴你慢声儿歌唱，

　　　　……

　　　　我预备用我的眼泪，

　　　　搽好你的创伤，

　　　　但是，但是，

　　　　你已经不认得我了，

　　　　你的可怜的梅娘

　　　　……

　　梅溪，这个浪漫的谈情说爱的绝佳之所，充满了惆怅和忧伤，几乎和它平行的地方，却掩埋着一柩悲壮，它和一个悲壮的英雄人物有着直接的关联——王润波烈士墓。王润波，这位生于1905年，1933年3月11日在长城抗战中牺牲于北京古北口的铮铮汉子，将他的英雄行为永远定格在了 28 岁。"血溅长城，心揄汉族"，是国民党军政要人为他题写的挽联，烈士墓周围松柏环绕，象征着他的崇高品质。

王润波烈士墓旁，长眠着另一位同样不俗的王姓革命者——王雨青烈士。这位先后参加过抗日战争和解放战争的身经百战的革命军人，后来成为中国空军优秀军事指挥员、中国民航发展和建设事业的领导者。王雨青于 1988 年在北京逝世，享年 72 岁，华国锋同志曾参加其告别仪式。松涛阵阵，大山无言，仿佛听见他和王润波正对着开州新城的发展壮大欣慰而热烈地讨论着……

山下

如果以北环路为界，将山分山中、山下，大觉寺则处于二者之间。暂且将其归为山下部分吧。这座始建于东汉年间（公元 219 年）、高僧代出的寺庙，曾被崇尚佛教的明太祖朱元璋奉为国寺。虽然中途曾几经损毁，但在政府的主持重建下，地藏殿、观音殿、天王殿、大雄宝殿及众多佛像设施逐步复建而成，这座千年古刹正在恢复着昔日的光辉，吸引了众多来自区内外的香客，成了誉满三峡的旅游景点，更是开州人在"上九登高"、祭祀求福之日的必到之处。

北环路上，沿路而建的房屋，曾被极富生意头脑的村民改建成旅馆、餐厅、茶馆。在 90 年代的鼎盛期，这里更被称为"乱吼一条街"，足见其生意之兴隆。而今，随着旧城的淹没和新城的搬迁，昔日的繁华早已消失殆尽，人们多已外出谋生。因离新城区较远，经营成本偏低，一些专刻石碑的经营户和汽车修理门市在此应运而生。

和北环路一路之隔的，是由邓小平同志题写馆名的"刘伯承同志纪念馆"。馆内按照"壮志英华，从戎救国""土地革命，屡建奇功""烽火抗战，尽显神威""解放战争，功勋卓著""开国元勋，再铸伟业""一代名师，风范千秋"六个主题，陈列着 630 余张珍贵图片、358 件实物和文献资料，通过声光电科技手法生动再现了刘伯承元帅传奇的一生。作为国家三级博物馆、国家 AAAA 级旅游景区、长江三峡 30 个最佳旅游新景观，同时也是著名的爱国教育基地，每有上级要人前来，均会到此瞻仰、参观。

山下，紧邻刘帅纪念馆的，是一座敬老院。最热闹的时候，这座敬老院容纳了近百名老人，前来探望的、玩耍的，加上到此处兜售小货物的、卖菜的，让这座小院显得热闹非凡。敬老院背后的一个池塘里，有一条活灵活现的腾龙雕塑，似乎随时欲腾空飞舞。而随着人群的大量搬迁，敬老院也清静下来，从上百人的往来，到剩余十来人收拾杂物，再到一名看门老人的孤独守望，最后到人去楼空房屋破败，龙池也显得破损不堪。里面的腾龙鳞甲残破，随着池水的干涸，真有一番"龙在浅滩被虾戏"的凄凉，偶尔有一两只鸟儿停歇在缺少鳞片的龙体雕塑上，让人无限感慨。

从敬老院继续往前数百米，是一个不得不提及的去处——汉丰镇清江路 47 号。这里曾有一所承载了成千上万人梦想的学校——重庆市开县师范学校。这个位于凤凰山麓、有着数十年办学经历的老校，占地面积 3 万平方米，环境幽雅，绿树成荫，直辖前曾经是四川省首批实现办学条件标准化的中等师范学校。1991 年 6 月，学校被国家教委表彰为全国办得好的师范学校。而曾经辉煌一时的艺术楼"红房子"，更是为重庆渝东北"三区八县"输送了大量的艺术人才。从这里走出去的音乐专业学生，撑起了整个渝东北地区的音乐教育事业。120 间大琴房、80 台钢琴，不少人从这里走出开县，迈向更大的人生舞台。

魏培荣是中国音乐家协会会员，曾担任开县音乐舞蹈协会主席，他从 1984 年开始就在开县师范学校从事音乐教育工作。魏培荣回忆说，当年为了能够把音乐教育搞好，学校音乐专业隔年才招一次生，而且名额非常有限、要求非常高。曾经有一个奉节县的学生，在他毕业那年不招生，为了读音乐班，降了一级，重读初二，最后成功考了进来。

2017 年 8 月 16 日上午 8 点，在挖掘机长臂的连续撞击下，艺术楼的砖头、墙体纷纷垮塌，"红房子"永远定格在了人们的记忆中。经过 4 个多小时拆除，曾经辉煌一时的"红房子"，变成了一片废墟。红楼拆除后，不少人到此游览、怀旧，心中难免伤感。"那时三区八县只有四五个名额，能考进去非常不容易。"开师校友、四十岁出头的郭霞是忠县人，她在朋友圈看到"红房子"被拆，心里久久不能平静。曾经，只要时间充裕，她都会从忠县赶到母校看一看。如今拆除了，只能留下满满的回忆。"每次回来我都会拍很多照片，如今这些成为永恒的记忆。我会将'红房子'记在心底，牢记我是一名开师人。"郭霞说。同样四十余岁的张晓，曾常在"红房子"里练习舞蹈，对它感情深厚。"前不久，我们班同学才在'红房子'里聚会，没想到竟成了最后的告别。"红房子拆除后，张晓无比惆怅。

请让我原文录下儿童文学作家、原开县师范学校教师王代轩先生于 1992 年作词谱曲的《开县师范学校校歌》，以表达对母校的敬意吧：

"凤凰岭下，腾飞起一只金色的凤凰。一代新人，鲜红的旗帜下茁壮成长。集合队伍，整齐步伐，献出青春，燃起烛光。前进，前进，迎着那一轮光芒四射的太阳。啊，开县师范，开县师范，教师的摇篮！今天，我们在这里辛勤耕耘，明天啊，看漫山遍野桃李芬芳春光无限。滴水岩边，滴水汇积成清泉流淌。未来园丁，知识的花丛中吮吸营养。灯光明亮，书声琅琅，彩笔挥洒，琴声悠扬。努力，努力，人类的智慧将汇成时代的巨浪。啊，开县师范，开县师范，教师的摇篮！今天，我们在这里辛勤耕耘，明天啊，看漫山遍野桃李芬芳春光无限……"

"传承历史，记住乡愁"，开师旧址旁，总占地面积约 17 万平方米，总投资达 8 亿元的开州故城建设项目，正拔地而起……

相遇

三峡库区多河，大者为坝，河宽；小者为沟，河窄。

春日里，在一个名叫紫水而雾锁深山的小乡，我和一条乡间小河相遇。

大雨过后，还在下着蒙蒙细雨，一条小河穿乡而过，一河春水不知从上到什么地方的上游奔涌而来，来得有些急切，有些莽撞，明显失去了春日应有的矜持和娇羞。

河岸上，一辆河水一样急切而莽撞的轿车，也不管路面哪里的积水厚些，哪里的积水薄些，铆足了劲一下呼啸而过，溅得蹲在人家屋檐下的狗一身泥浆，惊得几只正四处张望的鸡紧张地扑腾了几下翅膀，"咯咯咯"吵个不停。

兴许这河里的石头、野草、螃蟹、蚯蚓都是干渴怕了，春水一来，全张开了嘴，将这河春水连同泥沙、小石子，还有上游漂带下来的褪了一冬的枯枝败叶全盘吸收。让岸边已经藏绿垂穗的树们及树下葱葱茏茏的荆棘藤蔓、杂草杂花暗暗抿嘴。

这河水呈浑黄色，莽撞却粗中有细，在往下奔流的时候，它们很会选地方，并不是哪里石头大、气势好就依附于哪里，而是哪里便于突围就从哪里去。细观之，这单调重复的流水竟是一幅美好的画卷。平稳流过之处，虽然刹住了车，仍然迎接了上面的惯性，不温不火地冒着细泡。遇有小石子，河水略微兴奋，如鱼嘴吐出的泡泡，前面一批刚刚消失，后面一批紧挨着又形成了，连续不断。突遇急石，这河水则变成一股白色的水柱冲出老高……最终，这些或急或缓或刚或柔的河水，全在一个高落差、多石头的陡坡处集合，这河水便犹如猛然倒进了数包强效洗衣粉，翻起阵阵白浪，时不时还传来阵阵扑鼻的香气。

河坎上，一名头戴斗笠穿着胶鞋的汉子正在钓鱼。一个细竹篾编就的篓子浸在他身旁的浅水里，这钓鱼人好像并无耐心，一会儿往上，一会儿往下，钓了好大一阵，他的竹篓里仍然只有两条鱼儿在游动。

除了偶尔驶过的一辆小车，河岸上不时还有农用车、摩托车或者撑着雨伞的行人经过，这条河的上游是哪里，是个什么样子呢？

我问钓鱼人，他说上游是丁家沟。又问，很多姓丁的人家吗？汉子不耐烦地摇摇头，不知是说姓丁的不多，还是不满我扰了他钓鱼的雅兴。

我于是顺着河岸的公路往上走，走了十来分钟，雨渐渐停了，公路对边的河岸显出一座长满青苔的拱桥。桥的对面，是几座已经脱了白灰墙面斑驳的房屋，房屋周围长满了杂草，已久久无人居住。我想，到了夏季，一定会长满比人还高的蒿草吧。这里人迹少，鸟儿却热闹，山林里不时传来阵阵动听的鸟叫声，或长或短或婉转或直白，仿佛听这叫声就能听出鸟儿是急性子还是慢性子，跟人一样，闻声知性。

回望公路这边，却是另一番景象。一畦畦碧绿的菜地，绿汪汪地像要冒出油来。留着谷蔸子、蓄着浅水的冬水田，照着几只鸡的倒影。湿润的田坎上，几只鸡在觅食。鸡的前面，几只细脚细嘴的鸟儿也在觅食。只是相比笨拙的鸡，鸟儿明显机警些。鸡和鸟走在同一条田坎上相安无事，好像它们本来都是鸟类一样。

我一走近，这几只鸟儿扑啦啦地飞走了，飞到高处的电线上，湿漉漉的电线随着鸟儿的踩压闪了闪，摇下几粒晶亮亮的水珠，不知道是不是滴到了鸡身上，几只鸡不约而同地抬了抬头，又东张西望啄食了。

再往前走，公路一边堆满了水泥、清砂、黄沙、模板和火砖，一座平房已基本封顶，几个咬着叶子烟管的男人在和灰浆、捡砖头、拉钢筋，在为打"现浇"做准备。一个穿着旧中山装的老人一直守在一旁，他是这房子的主人。

这时，蒙蒙细雨又下起来了，一大一小两个撑着雨伞的人在前面走，渐渐远去，变成了一红一绿两个小圆点。河里，两个男娃在玩打水漂，兴奋地数着一个、两个、三个……比谁扔得多、扔得远。却把河里另一个人惹恼了。仔细一看，却是那个钓鱼的汉子，他当真跑得快！

钓鱼汉子呵斥着两个顽童，让他们赶紧走，小男孩却并不理会。这时，一个趿拉着拖鞋、拿着玩具枪的小姑娘来了，她朝着在河里喊着哥哥我也要来我也要来……男孩子毫不理会，小姑娘不高兴了，举着"枪"朝着河里瞄准、"射击"："砰……砰……"

再往前走，明显清静多了，植物却更浓密。一家人的堂屋里，两个围着白帕子、穿着棉背心的婆婆在聊天，她们一会儿指指墙上熏得焦黄的腊肉，一会儿掰着手指算着每个月领了多少养老金，语气里带着满足和炫耀。春天都快过完了，她们还烤着木疙瘩火，火上煨着一把已冒着热气的黑乎乎的水壶。旁边，蹲坐着一只黄猫，猫大部分时间眯着眼养神，时不时往婆婆这儿盯一眼。因为放假，穿着花衣套着头绳的小孙女也蹲坐在一旁，掌着遥控板对着电视不停地按。

再往更上的上游走，河两边的桃花、梨花、樱花、油桐花都开好了，留下一片红一片白一片粉。山都像被刷子刷过一般，亮堂堂的。远远望去，山头一片白茫茫，雾起之处，还飘出几缕炊烟，两片白缠绕在一起，已分不出哪个是雾，哪个是烟……

　　我不知道那是不是最上的上游，也许过了丁家沟，上面还有李家沟、王家沟，还会有另一个钓鱼的汉子，河里也有几个惹恼他的玩水漂的小孩。

乡村四季

季春

一

四季是魔术师的衣袖，也如川剧演员变幻莫测的脸谱。孟、仲两春的真容还没来得及看清楚，季春便踩着一路秀色而来。季春一来，便是真的开春了。

鸟儿比狗都起得早，站在枝头，叽叽咕咕，叽叽咕咕，顺便充当了大自然的更夫，替代了鸡的角色。那些喔喔打鸣的雄鸡，从人的肚子里，变成肥沃的大粪，又帮猪们完成了使命。猪们如村民们脱掉的老牙，已失联多年。

一位老人包着白头巾佝偻着腰，带着狗往地里走去，生锈的锄头，更接近土地的颜色。老人来到地里，掘去最表面的一层土，现出了金黄，大地，只有大地是永不褪色的。老人腰疼，面对大地，习惯性地弯下腰，充满敬畏。老人浑浊的眼里，不知道是挖走了一棵野菜，还是一棵菜苗。稀少，瘦弱，狗只是多盯了几眼，庄稼就尴尬得不好意思再抬起头来。它们太需要滋养了，来一场哗啦啦流动的春水吧，不需要肥料，庄稼和人类仅有的化学反应也逐渐消失。

二

风一阵紧似一阵，却不像冬季那样干瘪、固执。树们早已叶肉丰盈。风于是脉脉含情，你说冷了点，它就转一转手掌，温柔些；你说热了，它就使劲挥动大蒲扇。风不自私，想吹多少，不是它一个人完成，它和树们、站在树上的鸟们，以及大地，和大地上的所有子民们共同完成。

风使劲吹了一晚上，聚拢的黑云逐渐散去，老人不点灯，披着衣服半夜起来看了两次。老人沮丧地说，背时鬼，星星都出来了，苞谷苗是需下点雨了，这老天爷哎……话里间，透出对老天爷这个大老爷的埋怨，雨水掌握在他手里，却不够诚恳。

狗却诚恳些，没有睡着，趴在柴草堆里，哈着气摇着尾巴打响声。在这个谁都不怕谁的世界里，农家的狗们，是唯一随喊随到的忠诚者。

老人的庄稼地，是一块油菜和一垄玉米。油菜花已经进入谢花期，菜角开始进浆，变硬，玉米却才开始长苗，两片叶子犹如颤颤巍巍学步的小娃，顽皮却不稳当。两块地加起来不过二十来平方米，周围被野草野菜包围。里面开满了蓝色的、黄色的、粉色的、红色的小花，大的、小的、笑的、闹的、刚睁眼的，满天星一样。也有带刺扎手的、有喷香扑鼻的，野葱、野蒜、侧耳根、香椿苗，成了大地的后花园。老人将锄头使劲一磕，这些背时鬼，地都不要了，房子不要了，祖宗也不要了！

三

终于下雨了。

雨来得悄然，老人睡得早，开始听屋外风吹得紧，老人想你这鬼老天爷，就会糊弄人，我也不起来看你了！就继续睡，睡了一会儿，风没有了，瓦片叮叮当当响起来，响声越来越大。声声敲在老人的心上，老人偷偷乐了，索性更不起来，这下可以睡个安稳觉了。

早上起来，雨停了，老人挽起裤腿去地里检查，地里湿漉漉的，玉米苗开朗起来，眯着小眼对着老人笑。周围地里"后花园"的野菜们也长得更带劲了，几只鸟儿在啄着什么，啄一下，翘一下尾巴，抬一下头，又啄一下，又翘一下尾巴，抬一下头。见有人来，扑啦啦飞到对面的梨树上去了，摇下滴滴晶莹的水珠和片片雪白的花瓣。

山在雨水的滋养下，绿得亮眼，那些不知名的花都开了，树都长出了叶子，这才配齐了大地的颜色。

老人回到家里，竹林传来梆梆梆敲竹子的声音，啄木哥儿来了哦！门前的一棵柏树上，一个小家伙机警地探着头，一会蹿到李树上，一会儿跳到大门前，原来是叼老鼠儿（他们称松鼠为叼老鼠儿）也回来了！不知道是怕吓走了小伙伴而更加寂寞，还是这样难得的好天气更适合睡觉，狗竟然没有叫。老人自言自语地说，得给老大老二打个电话，告诉他们一声了，可怜一年四季都被围在城里，春天来了都看不到……

仲夏

如果说城市是一个奔放时尚的年轻女子，那地处开州区北部满月镇偏远小村庄的马扎营康养旅游度假区，就是一个朴实且略带娇羞的农家碧玉。马扎营康养旅游度假区位于重庆开州区北部山区一个近两千米海

018

拔的高山上，山野、绿地、房屋，甚至空气、炊烟以及人们的欢声笑语，一切都如刚被清泉洗过一样。一条蜿蜒的乡村公路，几座绿毯一样的大山，将城区早市的喧嚣和上班抢时间的拥挤挡在了百里之外，这里，只属于沉静和清凉。

早

鸡叫过四遍，顽皮的太阳像捉迷藏的孩子般微微探出头来，如农家少妇新婚之日带进婆家的笑脸。随着岁月的沉淀，新媳妇的日子，如太阳逐渐散开的红晕，散落进或粗糙或细腻或欢笑或怒骂或担水或煮饭的细水长流的日子里。

蟋蟀们一夜未眠。它们是马扎营永不失声的天然歌唱家，哪里有了蟋蟀的吟唱，哪里就有了诗意的生活。

丝茅草上，几粒刚凝结的露珠被初升的阳光猛然惊醒，咕噜一声滑进满含草香的泥土里，刚好给蟋蟀们润了下喉咙。

一大早，"吱呀"一声，门开了。在袅娜的晨光里，一个中年女子就着大门背后的圆镜子拢了拢头发，背了背篓提了水壶往山上走，去扯一篓清甜鲜嫩的野菜，或是去挖一篓山味扑鼻的野党参和野天麻。

蹲守一夜的狗早已等候在门外，摇着尾巴跟着主人一起进山。中年女子的男人一大早就下城采购去了，今年儿子争气，考了北京的重点大学，过几天城里亲戚就要来这里庆贺，女人进山采点野货，让亲戚们尝尝鲜。靠山吃山，大山是他们永不枯竭的源泉。

女人上山的一路上，有人牵了肥马往山上走，马蹄儿踩在新亮亮的水泥路上，嘀嗒嘀嗒如永不停歇的时钟。

中

蝉在叫，但不是城市里的蝉那种竭力的嘶喊。

阵阵山风吹来，向日葵对着太阳的光晕频频点头。几个穿着连衣裙头戴遮阳帽的年轻女子手挽着手在向日葵里照相，不时地变换着 POSE，笑脸如开得正旺的向日葵。

以前的马扎营，曾是有名的贫困村。"不好好读书，长大了把你嫁到马扎营去！""从小不务正业，看你怎么找媳妇！"从小开始，大人都会用这样的语言，敲打或者吓唬小女孩、小男孩，昔日的马扎营，因为交通的不便、资源的匮乏，人们认识的局限等，成了当地人一出生即注定输在起跑线上的一块伤痛。

随着"乡村振兴"工作的深入推进，喜人的巨变正在悄悄来临。

农家小院里，几个小孩正在骑脚踏车，比赛谁最快。见有挎了相机背了背包的生人来，有的立即躲进了屋前废弃的水泥缸里，胆子大的，对着镜头扮鬼脸。

进城采购的男人已经从城里回来了，他取出一条毛巾，拧开房前的水龙头，就着山泉水狠狠地洗了一把脸，又冲了冲皮卡车上从城里带回的尘土，大声向邻居吆喝了一声："二娃子，来帮我卸货了哦！"男人家开了家农家乐，不但带回了客人即将用的菜肴物品，还给儿子买了个智能手机，作为他考上重点大学的奖励。

在马扎营另一边，崭新的农房里，传来锅碗瓢盆的交响，饭菜已经上桌，由于刚好放暑假，祖孙四代围成一桌，推杯换盏其乐融融，忽然八十多岁的老爷子指了指桌上炕得焦黄的虎皮椒，将筷子一丢，撒起"娇"来。家人如梦初醒，赶紧安排刚上幼儿园的小家伙去隔壁超市买酱油。

晚

天边有了一抹红晕。

在一只老母鸡"咯嗒咯嗒"的炫耀声中，一个八九岁的小女孩立即跑向屋后的鸡窝。

"有没有蛋？生了没有？"

小女孩不说话，握着一枚蛋，带着狡黠的笑脸对着昏黄的阳光眯着眼睛向大人汇报。

进山寻野货的女人回来了，两尺高的背篓里，有野菜、野党参，还有一些鲜嫩的野蘑菇。

牧马的汉子回来了，马儿吃得圆滚滚的，边走边得意地打着响鼻，抖着从山上沾回来的草屑子。

由于乡里大力发展中药材及农家乐，人们已经摆脱了靠纯苦力艰难度日的岁月。

饭桌上，中年女子考上大学的儿子拿着爸爸新买回的智能手机，欣喜地玩个不停，被母亲爱怜地骂了几句。小伙子憧憬着大城市的大学生活，赶紧将一大口饭扒进了嘴里，将妈妈夹给他的爆得香香的腊肉夹到了妹妹碗里，心里却乐开了花。

进山民家避暑采风听老人讲传闻逸事的人们回来了，听了满满一耳朵，记了密密麻麻好几张纸；到险峻的"野猪凼"（小地名）追晚霞的画家们也回来了，他们不但画作硕果累累，还存了满满一相机来不及画完的素材，好带回去慢慢画；出去什么也不做，瞎转悠的人们也回来了，来这里就是避暑吸氧的，吸了满身满肺的高山氧气，这不就是最大的收获吗？

夜深人静，人们围坐在一个大大的火堆旁，就着炒野菜、烤土鸭、烧苞谷和自然冰镇的啤酒，聊着来马扎营的感受，有人唱了起来，有人跳了起来，有人笑了起来。一轮满月升起，一位坐在藤条凉椅上没有喝酒没有跳舞也没有唱歌的大爷安然地进入了梦乡，有人赶紧找来毯子给大爷盖上："他醉了，天气凉爽，别让他感冒了……"

金秋

更早一些的年代，人们还不兴出门打工。粮食归仓猪羊出栏，男人们就成了最闲不住的动物，浑身劲不知往哪里使。大山就成了他们练手的苞谷地，或者打谷场。

黄昏临近，男人们开始往山里钻。去套曾拱过红薯的猪獾子、打偷吃过黄豆的野鸡、赶掰过苞谷的山猴，即使是好不容易停止奔跑伏在那里什么也不做的长耳野兔，他们也要撵一撵，弄不好就能整一顿下酒菜呢。

这些平日里高声吼叫粗声粗气说笑的男人们，到了山上竟一齐儿的安静，小心翼翼。他们掐灭了烟火闭了嘴巴屏住呼吸，甚至连放屁都恨不能憋碎了，他们扛了鸟枪扛了锄头，捏了绳子提了口袋，他们想象着抬回扯胡琴一样活蹦乱叫的猪獾子，想象着提回大尾巴花腰身的野鸡，运气好还会有几只肥滚滚的下酒兔子……

和野物打交道，是多么诱惑人的事儿啊。大人们磨刀霍霍，小孩子们也兴奋得睡不着。在多次藏了镰刀和棍子偷偷跟在大人后面，都被毫不留情地吼回来之后，他们找到了自己的乐子，那就是套山老鼠！将山鼠去皮剖净炕干，然后锤软，放点花椒海椒大蒜或炒或炸或炖或焖，多好的一道美味呀！

老鼠们看着光秃秃的庄稼地，开始为吃食发愁，孩子们就知道该是他们出手的时候了。他们将拇指粗手掌长的一截小木棍对半分开，做成一个活动的倒"V"字形，找个平整的地儿，将一片中间切了两个口子前端削尖穿了诱饵的竹片和倒"V"连在一起，再压上一块平整的石块，鼠套便下好了。远远看去，鼠套就像一个开在深山里的小"黑店"——夜里偷吃的老鼠只要碰到竹片上的诱饵，必定被压成"扁鼠"。

下了鼠套的夜晚都是那样漫长。肥硕的老鼠们总是毫不留情闯入孩子们的酣梦，又将他们从温暖的被窝中拽起来。查看鼠套是最让人兴奋的，就像痴狂的彩迷兑奖一样，虽然一次又一次空手而归，但他们总是那样乐此不疲、风雨无阻。

早上五点，或是四点甚至更早，当一切都还在大地的怀抱中酣酣然的时候，他们都不约而同地起床了，比等着一起上学还要自觉、整齐。他们也像爸爸们那样屏住呼吸，但跑得飞快，完全顾不了露珠打湿衣服、荆棘挂破了裤子。

不知从何起，那让他们为之狂热了多年的鼠套，却在悄然中渐行渐远。孩子们渐渐长大了，他们都不得不像当年寻找鼠穴一样一窝蜂地涌向四面八方，比大山宽广不知多少倍的天地里，去找属于自己的一席之地了。然而他们却总是像老鼠一样，被当年鼠套子套住：他们被夹得泪流满面，被夹得鼻子流血，被夹得放声大笑，被夹得沉默寡言，被夹得面目全非……那些在敬老院在庄稼地在办公室在建筑工地或者去了哪里谁都不知道的爷爷们爸爸们叔叔们哥哥弟弟们，当你们抽完一根烟打完一桌牌撒完一泡尿吐完一口唾沫闲下来的时候，是不是还会想起当年打过的野物下过的鼠套呢？

暖冬

火盆前，柴火烧得正旺盛。喜事将临，这家的媳妇就要生了，这家年轻的两口子挨在一起讨论着，预产期在大雪节气前后，如果生个女儿，就起名瑞雪，瑞字刚好也是他们姓里子辈的辈分用字，如果是个男孩？两口子商量了好大一阵，也没出结果。夜深了，不时传出一两声带着咳嗽的笑声。

孩子终于生了，等到母子俩出院回家、小孩满月、双月，直至可以对着爷爷奶奶笑了，大雪节气过了将近两个月，雪花才姗姗来迟。先是一小飘儿小飘儿，探路一般，如隔壁二大爷慢条斯理弹落的纸烟灰末儿。隔了夜，方才大胆起来，先是一个雪花仙子慢悠悠独舞，然后似一群粗鲁的赤膊汉子胡乱舞动起来，或钻进你未系围巾的脖子里，钻进你贴肉的保暖衣里，甚至你未扎进袜子的裤腿里，它们也能瞅准了空子钻进去。

屋里，疙瘩柴火哔剥作响，柴火是老式的青冈木柴火，一笼火能烤大半天，头顶是熏得焦黄的老腊肉。人，仍然是老式的不带半点虚假的诚恳的山里人，虽然他们南海北赶回山里，穿着打扮各不相同，却仍然聊着老式龙门阵，讨论着父辈们在家的收成和外出创业的艰辛。叶子烟的冲劲和着过滤嘴的香醇，共同延续着的，仍是山里人的亘古不变的纯朴。

屋外，几个娃娃在玩雪。有孩童头发白了，眉毛白了，衣服、裤子全白了，屋里传来大人的叫骂："还不回来，爪爪冻得像红萝卜，感冒了哪个舅子管你……"

雪终于停了。

封冻一冬的小山沟里有水在流动，干裂的树干们、叶子们犹如孩童的脸，开始润泽起来，跃跃欲试为增绿补水做准备。

地里，有鸟儿在活动，不时地看看人，又朝地里啄着什么，然后又看看人，格外警觉。

立春雨水甚至惊蛰都过了好一段时间了，绿意还没全回过神来。风里夹杂着干冷，一阵紧似一阵，绿意迟迟不来，是在等风的召唤？

就着一阵一阵的干冷风，一个年轻男子吸溜了一下鼻子，忽然想起了小时候寒冬里屋檐下的冰钩子，背后一阵凉意。

风，一阵紧似一阵，是不是水分们往树上的节奏也就加快了一步，是不是绿意也就近了一步？冬天来了，春天还会远吗？

闵家坪纪事

关于地名

乡村的地名，大都是依据地势和山势来的，要么是坪要么是坝，要么沟要么是槽。当然，也有叫作凹、叫作堡、叫作河、叫作堰、叫作山、叫作口的。

我的故乡闵家坪，紧邻高炉坪、生基坪、朱家垭口、后槽子、徐家沟、红沙梁、付家坝、江池塆、大柏树、后大坪、穿槽子，等等。哪一个小地名都土得不能再土，但是哪一方土地，都让人亲得不能再亲。

闵家坪位于云阳县农坝镇红梁村，是三峡地区最典型最边远的小村庄。提到三峡，首先想到的是水，料想村民也必定从小都畅游大江大河，不惧大风大浪。但实际上，更多的却都是闵家坪这样和峡相隔千里的小地方，即使离城区最近的长江，也被大山阻隔于百公里之外。除偶有能在堰塘抓几下狗跑、踩几脚浅水者外，村人大都是"旱鸭子"。这些小地名，地图上是找不到的，倘若运气好，在年代久远的县级地名录里找到一眼屎般大小的土俗称谓，则会兴奋数日，指指点点四处炫耀一番。

从我记事起，闵家坪就从无闵姓。走访老人或者查阅所有资料，也并没有丝毫关于闵姓人的记载。但《四川省云阳县地名录》记得清清楚楚，确实是闵家坪，还在括号里加了音注 min jia ping。我是这样理解的，它之所以叫闵家坪，是因为四周都是山岭，中间一块平坝，房屋三五成群坐落在这个簸箕大的一块天地里，闵岭近音，由此得名吧？

因地势平坦、土质肥沃，庄稼收成好，特别是那长得金灿灿压弯了腰的水稻，在阳光的照耀下，仿佛随时都要滋滋冒出米油来，硬生生把饥饿之人逗出清口水，肚子也会随之咕咕一通乱叫。在缺吃少穿的年代，闵家坪就成了姑娘们嫁人的理想所在，特别是那些地处高山，只有旱地没有水田，甚至旱地也贫瘠得挑一挑粪水都放不稳桶、立不住脚的地方，人们一年到头红苕洋芋吃得烦腻，吃大米都成了奢望。于是姑娘们做梦都想嫁到坝里，能经常吃上大米。大人们动不动就吓唬小姑娘：“不听话不认真学习，长大了把你嫁到云峰、大塘去！”

云峰村、大塘村山高路远，早些年都是贫穷的代名词。少不更事的小姑娘不会将大人的话当回事，左耳朵进右耳朵出。略懂世事、腼腆型的小女孩，则红着脸低着头，转身跑开了。年龄更大些、泼辣胆大的半大姑娘则噘着嘴据理力争：“我才不要嫁去云峰、大塘呢，我要去闵家坪！”

所以在找媳妇那样艰难的光棍随处可见的年代，闵家坪始终保持着无人打光棍的良好纪录。并且媳妇个个都还不弱，这不得不说是受了地势的恩泽。

站在对面朱家垭口从远处看，闵家坪是筲箕形的。西、南、北方都被山围得严严实实的，好比筲箕的三个围面，只有面对太阳的东方，是一条敞开的公路，从朱家垭口接续而来。公路是 90 年代就修好了的，但由于是土路，只要下大雨，就会泥泞不堪。虽然只有约一公里的长度，但上小学的时候，穿泡沫凉鞋，那种鞋底被糯米般的稀泥陷住，再拔萝卜一般使劲将鞋从泥陷阱里往外扯，却随时都会将鞋底和鞋帮扯得四分五裂的记忆；脚指头露出胶鞋外，随时湿滑易倒如踩油地的记忆；拎着隐隐欲灭的小火炉深一脚浅一脚，凭着感觉插进齐膝盖深的大雪，路上到处都有被雪压断竹子的记忆；以及为人们运输砌房子用的红砖和钢筋水泥的拖拉机艰难前行，我们却悄悄扒车被司机怒骂的记忆，时时在脑海里浮现，久久挥之不去。

脱贫攻坚战役正式打响后，通往闵家坪这一段曾在雨天让人行走如犁田一般的土公路，终于于2017年纳入了硬化的议事日程，并于2018年初，和村里其他区域的硬化路段一起，打捆进行了立项。但随着建筑材料成本的上扬，特别是砂石价格的暴涨，当年让中标者望而却步，在明明知道建成要亏损很大一笔钱的情况下，不得不放弃，赔了违约金匆匆离场。直到2019年，在镇、村两级的多方努力下，路总算正式动工了。挖掘机、搅拌机等施工机械进场后，我专门回了趟老家，用视频记录了各种热火朝天的场景，算是给承载着太多儿时记忆的泥泞道路饯行，也为宽阔平坦的新水泥路和充满希望的新生活接风。

关于人情

据《苏氏族谱·武功堂》（2012年版下卷）载，农坝苏氏家族祖籍湖北省监利县，为北宋状元、参知政事（副宰相）易简公十六世孙世泮公后裔。据考证，为顺应历史移民大潮，先祖于清代自监利县历百般沧桑、经万重险恶，始入川之云阳县云安镇，后约于清乾隆中后期辗转至农坝镇闵家坪久居。农坝苏氏立基始祖德业公面对人地生荒，掘井而饮、筑巢而居、挽草圈业，经两百余年披荆斩棘，发愤齐家，变不毛之隅为祥和之居。

闵家坪本来全都是苏姓，中途搬来两户他姓人家。一户姓吴。不知道哪一年，从紧邻云阳县的开县白桥乡（现开州区白桥镇）搬来，落户于现在的村小学旁边。具体是哪一年搬来的不知道，应该是上百年了吧？吴家祖坟就在其住宅旁边立着，应该是爷爷辈就在这里出生的。吴家爷爷挺和善的，养了两个儿子，三个女儿。由于子女多，加之两个儿子性格都比较暴躁，我曾看见父子三人各据一方，形成"三国鼎立"局面打"群架"的场面。小儿子吉祥掀翻板凳并一把扔进屋前水田里的场景，让人十分难忘。再有一户姓朱，属于朱家垭口的散居者，从挨着小学不远的偏僻处搬来，成了吴家的近邻，也就一二十年吧。现在村庄的包容性都极强，早没了旧时的排他性，只要你人够诚恳够勤劳，在哪个村庄都能立得住脚。

　　朱家是普通的本分人家，并无多少故事可言。吴家就传奇些了，吴大爷长得高大魁梧，气度不凡，他老婆牟大奶奶娘家是大城市万县市的，据说还上过初中。在我们闵家坪的女眷普遍皆为文盲的年代，这算是最大的奇迹了。所以我们就格外好奇，对吴家的前世有了很多的猜测，他们为什么要从开县白桥乡搬到这里来呢？牟大奶奶一个大城市的文化人，为什么会嫁给大字识不了几个的吴大爷呢？但遗憾的是，直到两位老人家去世，也没有能够解密。吴家的三个女儿都嫁出去了，大儿子举家外出做面条。云阳和开县作为毗邻兄弟，渊源颇深，因两地物产都丰富，很早就有"开县的举子、云阳的盐"的美誉，当代"云阳面条子、开县拆房子"的说法也广为人知。云阳人常年在外做面条，据报道，现在每年能为县里挣回 80 亿元左右的收入，面条成了云阳一块响当当的金字招牌。邻居开县（现开州区）也以在上海拆房子著称，从业者以白桥人为主，很多人都从身无分文的小苦工变成了怀揣万金的风云人物，吴家小儿子吉祥就是最早进入拆房行业的人之一。人真是个奇妙的动物，任你走得再远，相隔再久，故乡总会在合适的时间合适的空间与你搭上桥、连上线。吉祥作为吴家人的后代，在几十上百年后，还与老家白桥保持着千丝万缕的联系，是冥冥之中的天意，还是巧合呢？

云阳人在外做面条挣了大钱，开县人在上海拆房子挣了大钱，很多人都成了亿万富翁。但据说吉祥过得并不十分如意。其实，他给我的直接记忆，还停留在我上小学的时候。我和同学玩篮球，一不小心将球掉进校园外紧挨着吉祥家的菜地里，我正要去捡球，让吉祥抢先一步，一刀把篮球划成了两半，还用力踩上几脚。从此以后，我们对吉祥又恨又怕。但因他家有着闵家坪唯一的一台 17 吋的黑白电视机，我们又离不得他，随时都想巴结他。我们抽课间去看电视，把他家挤得满满当当的，生怕他一不如意就把我们中的谁撵了出来。当时正热播《新白娘子传奇》《梁山奇情》一类的电视剧，偏偏在看得最起劲的时候，信号中断了。满屏的雪花，让人十分恼火。吉祥就喊我们看住屏幕，他自己飞快地跑到屋后的小山包上，小心翼翼地转动着铁丝做成的"天线"，直到雪花渐渐消融，慢慢传出声音、显出图像，他才满头大汗地跑回来。

一晃三十年过去了，这么多年来，吉祥一直在上海闹腾，却仍然没搞出多大名堂，倒是儿女都大了。女儿出嫁的时候，吉祥还专门回老家办了个酒席，酒宴过后，又举家外出了。

吉祥嫁女宴我没有在场，我很不明白，几十年后他为什么要操办这样一个事，从没和老家人的人情往来，回来后却要挨家挨户邀请、发通知。碍于情面，很多人都去随了礼，我在老家的母亲也去了。操办这个嫁女宴，他就为了回来收个礼金吗？好像是，又好像不是，因为老家谁都不欠他的人情。估计这也是一种宣示吧。宣示着他吴吉祥还活着，活得好好的，儿女都已长大成人。宣示着他和故乡的联系是没有断的，就像白桥人以在上海拆房子闻名，他作为白桥的子孙，也从事着拆房子的行当一样。虽然父辈给他留在小学旁的三间土房子早已垮塌，地基都看不出来了，但故乡给他的位置还要一直预留着。有朝一日，不论穷还是富、生还是死，他吴吉祥都是要回故乡来的。

据不完全统计，发展到现在，闵家坪已有50户286人，但在家的仅为20户67人，大多数都举家外出。占主要人口基数的苏姓人家，本身是没多少故事的。除朱、吴两户散姓人家30余口外，苏姓这260来口人又按祖宗德业公三个儿子大小的排序分成三房。按照地理位置，大房在村庄最右边，中间是我所属的二房，左边为幺房。俗话说"小不过于大房，大不过于幺房"，就是说大房年龄大辈分小。大小悬殊到什么程度呢，作为二房子孙，我才三十多岁，大房喊我为叔叔的侄子辈都快六十岁了，喊我为爷爷的孙子辈比我只小了三四岁，现在连曾孙辈都已经上小学了。当然幺房的年龄就更小了。但总体看，二房人丁兴旺，人员众多，比大、幺两房人加起来还多。至于经济条件嘛，早些年，都贫穷并快乐着，谁也没觉得谁多富有谁多贫穷，后来兴出门打工了，出门早的学了技术的，就走在了前头，盖了砖房子，买了摩托车，再到后来，有人自己当了老板，或是出门做挂面，或是包工程做建筑老板，或是做废品收购生意，大家的腰包逐渐鼓起来了。

曾有一个著名的阴阳（据说会看地理，能预测未来）路过岭家坪的时候断言过，别看现在这些人好过些了，闵家坪的是扎不住财的。老人追问原因，阴阳只将两只手拢成一个椭圆形，神秘离去。

这个问题让老人们困扰了很久，年轻人都忙着挣钱养家糊口，没有这样的闲心，只有老人们一门心思苦想着闵家坪的未来。

终于有一天，其中一个年轻人也老了，闲下来了，才赞同老人们的意见，阴阳比画的就是闵家坪笤箕般的地形。笤箕口子大，又往前面倾斜着，难怪多年来人们一直存不到钱，挣到的钱都流水一样哗哗啦啦花出去了。于是就有人提议，要在笤箕口，也就是通往朱家垭口的地方形成堵截，而且要尽量堵得高一点。

用什么堵呢，修房子是最好的选择了，但家家户户都在老宅基地住得好好的，这么多年过去了，谁也不肯轻易搬走，堵缺口的事至今也没有实现。难怪人们一直穷不下去，又富不起来，筲箕装东西，再怎么也是撒不完的嘛。

关于水事

闵家坪虽然能结出金灿灿的稻谷，能成为男人脱单的有效资本，但其中难以言说的痛楚，只有自己才知道。虽然属于三峡库区，但这里第一个难题就是缺水。你只看到水稻金灿灿的硕果，却不知道为这水稻的水字，闵家坪的人付出了多少心血，承受了多少心酸，闹出了多少矛盾。

高山地区，水源都是看老天爷的脸色。雨水多，水源就好，雨水少，人们就只有受旱。闵家坪的水，源头在紧挨着黄家湾的河道里，一条渠堰蜿蜒曲折五公里，先后流经黄家湾、生基坪、朱家垭口和我们闵家坪四个地方。为避免犁田插秧用水旺季争抢水源，四个地方老一辈的人早就商议好，按照远近排出了用水轮次。黄家湾近水楼台排在第一，闵家坪地处水源尾端排在最后。

由于路程遥远渠堰又年久失修，进入渠堰的水不是这里漏掉一股，就是那里跑了一截。有一部分水好不容易留在渠堰里，流失风险却随时都在。虽然早有用水轮次，但沿途黄家湾黄家的人、生基坪严家的人、朱家垭口朱家的人，冷不丁还是偷偷放走灌田或是喂鱼去了。为防止水被偷，每到用水旺季，闵家坪就不得不发动所有壮劳力，由若干人组成护水队，分成白天夜晚两个班，轮流保护水源。水成了人们最大的挑战，吵架、打架在所难免，任你平常怎么生性懦弱胆小，但到护水关键期，你都得挺胸抬头。有半夜装鬼撒砂子学猫叫吓人的，有耍无赖倒地讹人的，有泼妇骂街式吐口水的，总之，不管采取什么保护手段，水多多少少都通过渠堰到闵家坪的堰塘来了。这边又得由队长排出用水轮次，哪家田多、哪家水近、哪家泥色好、哪家劳力弱，都成了排列用水轮次和用水时长的有效依据。

所以，家家户户除了担心用不到水，还要操心有水了找不找得到耕田的牛和用牛的人、伺候牛的草料。即使这些都找到了，还得担心半夜里别人会不会在你的水轮次上做手脚，要么给你截留一股，要么上一个轮次的人拖延了你的时长、下一个轮次的抢占了你的时长，作为负责管水的队长就尤为重要。好在我们的队长华伯伯是个很公正的人，不但全队的水轮次让他排得工工整整，该谁家的水也安排得滴水不漏。他又会水性，阴冷的三月，在被作为堰塘水闸的"楼桩"被卡住后，他潜下一人多深的水闸处，硬是及时排除了故障，由此深得民心。

不管是黄家湾黄家的人、生基坪严家的人、朱家垭口朱家的人还是我们闵家坪苏家的人，其实都是有姻亲关系的，不是姑爷就是舅子或者老表、儿女亲家甚至亲姐妹，但在护水季，都是只认水不认人，我真困惑他们是怎样面对现实并处理好这人际关系的，换作是我，不急死愁死才怪。就是我们自己苏家这边，也同样面临种种矛盾，曾有亲兄弟两人，为争水当场闹翻，但又不能像外人那样乱骂一通，万般气愤憋在心里，又撒在手头，在老二明显理亏的情况下，老大一气之下一斧头砍在石头上，手头一麻，斧子差点蹦飞。气是出出来了，又心疼死了，因为斧头被砍出一道三指宽参差不齐的缺口，报废了。

为彻底解决缺水的大难题，闵家坪的人曾搞了一次轰轰烈烈的大动作，或者说是开展了一次对于命运勇敢的抗争。先不说最终结局如何，但人们在这次事件中表现出的团结程度，在闵家坪是空前绝后的。

事情发生在90年代，应该是在1991年左右吧。村庄几个年长有话语权的人经过商议，决定从小地名"大坪"的一个天坑里抽水上来，用于人畜之用。商议完，再召集所有在家村民一交代（那时候不兴打工，几乎家家户户都在），决策程序就算走完了。购买水泵、钢制水管、电线等所需费用，按人头每人出两百元的标准进行收取。这在 90 年代，无疑是一笔巨款。特别是老人老、小孩子多的家庭，成了沉重的负担。但大家都这样给钱，你一家不给行吗？

争气，在民风普遍淳朴的乡村，成了人们无形中竞争的最大筹码，宁可吃不到好饭穿不起好衣服，也绝不能从精神上让人看扁了。农村有句俗话"输江山不输胃气"，就是这个道理。只要你一件事落在人后，很可能一辈子都让人瞧不起了，至少这个印象在大家心目中会持续很多年，除非你在另一件事中打了漂亮的翻身仗，让人刮目相看。

卖猪卖牛，卖鸡卖鸭，东凑西借，总算筹集了 3 万多元，买来了所需用品。人们出了钱，心里很不痛快，但想着能造福子孙后代，总算是充满了希望，有了盼头。

水管是直径 10 厘米左右的粗钢管，质量过硬，电线也是 2.5 毫米以上的铜芯线，从设计、施工自始至终都没有请专业人士，更没有向上申报项目的意识，由几个稍微懂点水电知识的村民将水管和电线布设完成后，就剩最后一步，进入抽水程序了。

天坑有水，这个不假，储藏的水量应该也不少，我们曾经趁打猪草的时候偷偷溜进天坑里，能听到天坑下面阴河闷着的哗啦啦的水流声，常年不息。

这股水，从高处的天坑穿过大片平坦肥沃的土地和充满荆棘、岩石、藤蔓、树木的山林一直往下，又经过被我们称为龙洞的出口，流向龙洞河坝里去了。除雨季外，这股从阴河里流出的山泉水，就成了龙洞河坝的主要水源，成为人们饮水、淘菜、灌田、洗衣等日常必不可少的主力军。每年的旱季，或者渠堰的水到不了闵家坪的季节，闵家坪、高炉坪，甚至远一些朱家垭口的人，都会成群结队地到龙洞河坝挑水。高峰期，数十挑水桶在龙洞口排成长队等着舀水的壮观场面，让人至今难忘。

一切准备就绪，几个胆大的年轻人提着水泵，带上电线和插线板等应用之物，往坑底进发了。阴河距天坑地面有十多米，几个身强力壮的年轻人用吊绳吊到离地面约一丈处，放下了一架 4 米多长的楼梯，又在楼梯距河底约两米的地方，装上了控制水泵的闸刀，用的时候将闸刀开启，不抽水的时候将闸刀拉下来。虽然是初秋，夏天才到尾巴上，人们都还穿着一件单衣，但由于和地面的温差过大，几个壮实小伙子在天坑底部冷得打摆子一样，牙齿直打架。电源连通，水终于抽上来了，大家欢呼雀跃，比过年还热闹。

但抽水过程只持续了一个多小时，突然一下又停了。几个年轻人又历经艰辛，到达阴河底部，一查看才知道由于湿气太大，闸刀的保险丝又太细，跳闸了。几个年轻人重新换上保险丝，又给闸刀套上了一层保护膜，返回了地面。他们和牵头人商量，要更换大功率的闸刀，要安装一个绝缘性能更强的盒子，下阴河检查维护太难了，要想法装一部便于上下的梯子，还要配几把功率更大的强光手电。

殊不知，就在大家为抽水做更大的准备时，有人慌慌张张跑来，说对面高炉坪的人站在对面高山上骂人，语气相当难听。此时人们仍在兴头上，水还在哗哗地流着，他们用桶接，用瓢舀，甚至直接用嘴接着，四处抛洒，肆无忌惮地嬉笑打闹，仿佛缺水的日子从此将一去不返。此时却听说对面山头高炉坪的人要干涉，不准抽水，这还了得！我闵家坪从地下抽的水，关你高炉坪什么事呢？

事实上，闵家坪从天坑架了水泵，从阴河抽水后，到龙洞的水确实是明显减少了，小得只剩下筷子粗的一股，也难怪高炉坪的人气愤、眼红。

闵家坪和高炉坪都在高处，底下隔着一条龙洞河坝。站在山上，龙洞河坝尽收眼底。最初，只有微弱的叫骂声从高炉坪传来，再后来，由于双方人数的增多，骂声增大，逐渐由文骂变成不着边际、不想后果、明显带有人身攻击的连篇的污言秽语，人们的情绪也随之更加激动，由局部争吵变成了"两坪"之间的集体语言对决。双方的群体性的语言斗殴持续了整整一上午，周围几个村庄的人们不干活了，周围的鸡鸭猫狗不叫了，鸟儿沉默了，甚至连虫子蚂蚁都停止了活动，专心致志地听着、看着这两块小天地人们的表演。

吵起劲了，更加冲动了，有些人按捺不住，总想将拳头或者手指触到对方的身上、背上、脸上。但由于双方隔得远，拳头够不着、脚也够不着，语言上风格就陡然一转。

"有本事你下来！"

"有本事你下来！"

"下来就下来！"

"下来就下来！"

双方谁也不服软，谁也不赘言。一样简单干脆的词句，从两边几个火气最重的人嘴里传出，仿佛回声一般。

这几个人边在嘴里应着，边迈开腿脚往山下小跑。隔山吵架再凶都不解恨，不约到一起争个你死我活，止不住手脚的痒痒症。

然后双方都急火急燎地走到一定距离，不知是哪方人先扔了沙子或者石子。好像是高炉坪的人脑壳上先遭了一下，紧接着闵家坪的"先头部队"也有人捂住身上某个部位，山上滚落物越来越密集，冲动的"急先锋"们再也不敢往前了。一场群架终于没有打起来。但从此以后，两个地方的人产生了集体性无边的恨意。以前，闵家坪的人到农坝街上赶场，都是下龙洞河坝，再经过杨家湾，历来都是走这条就近的必经之路，双方发生冲突后，闵家坪的人赶场不敢走龙洞河坝了，怕遭高炉坪的人暗算，不得不从路程远了一倍的苦草塘绕行。高炉坪有几个常年在闵家坪活动的猪贩子也不敢来了，原先说好就这几天来拉猪的生意也搞黄了。

对于恨，小孩子好像也很齐心协力。大人骂他们跟着骂，大人扔石子，小孩子也跟着扔石子，但更多的，反而是暗藏心底莫名其妙的兴奋，因为这一忙着吵架打架，农活也不用干，也不用挨大人的打骂，多舒坦。为了在大人面前证明我们并不是假恨，我们和更大的孩子们一起，专门编了歌谣骂着："高炉坪，山高路不平，说个婆娘偷男人，生个女儿谈爱情……"

对于我们来说，这该是恶毒至极了。我们天天上学的时候在操场上唱着，放牛的时候在山上唱着，打猪草的时候还在路上唱着，唱得越来越熟练，以至于一些更小的男孩子甚至不懂世事的女孩子也跟着唱了。高炉坪的孩子气不过，也编了歌谣来骂我们闵家坪的人，不知道是不是村校在我们闵家坪，我们在文化底蕴方面更胜一筹的缘故，在我们看来，高炉坪孩子们的歌谣累赘连篇，毫无亮点可言："一队的麦子二队的面，三队的女娃子逗人看，四队的钥匙五队的锁，六队的女娃子嫁给我，七队的枪，八队的炮，九队的女娃子没得人要……"

红梁村一共有十五个生产队，前面一至八队是杂姓，团结程度相对稍差些。我们是九队，是挨骂的主体。后面十至十五队是大姓，人多又厉害，高炉坪的孩子不敢给他们编歌谣。我们暗笑，等你这样念了半天，人家听得瞌睡都来了，哪个还知道你在后面有骂我们闵家坪人的意思呢？

时间真是一个神奇的东西，护水季节一过，那些曾发生冲突的姑爷老表舅子弟兄关系和好了，黄家湾、朱家垭口、生基坪和我们闵家坪的人又恢复了往日的热情。不知从什么时候起，闵家坪的人去街上赶场，又从龙洞河坝走了，开头是小心翼翼东张西望，后来又回到以前那种心无旁骛的理直气壮，也没有谁出来干涉了。闵家坪、高炉坪两个地方的老人遇到一起赶场还要谦让"你走前头，你走前头"。诨名谭三女娃子的猪贩子又到闵家坪收猪了，走进家家户户的猪圈里，讨价还价嬉笑怒骂声随时可以听见。

如今，自来水管已通到家家户户，谁也不会因为争水闹得你死我活。

那些曾被当作宝贝的上等钢水管和价格不菲的水泵，早已被人当废品偷偷卖掉了，一些作为争水主力军的人早已作古，但那些年缺水的艰辛和争水的记忆，却在我心头挥之不去，我不敢过多回想，我怕陷得太深，忍不住又要唱出那些令人心酸心醉的歌谣，毕竟，那时候我才七八岁。

"高炉坪，山高路不平，说个婆娘偷男人，生个女儿谈爱情……"

"一队的麦子二队的面，三队的女娃子逗人看，四队的钥匙五队的锁，六队的女娃子嫁给我，七队的枪，八队的炮，九队的女娃子没得人要……"

乡村年夜

屋里，锅子煮着腊肉，香气顺着屋顶一个劲地往外蹿，以前是瓦房时，能穿过屋顶，现在，却被新修的水泥房梁挡了回来，改道往屋外的院坝飘去。

院外是一条小河，就像这房屋老主人的头巾一样，静静流过，给村庄缠上一层白。小河在院外存了一大潭水，清澈见底，静得爱人。鸡呀狗呀叫了不恼，摩托车小轿车经过，把光溜整洁的马路轧得突突直叫唤，这潭水也不恼。

院坝里，两个七八岁的小孩，一个男孩一个女孩在玩鞭炮。他们玩鞭炮不是单纯的点了就跑，他们把放鞭炮当成了游戏，一个用手拿着，一个点。换一个拿着，另一个再点。男孩拿着，女孩点的时候，男孩总能恰好把握时机，将鞭炮扔进河里，炸起一股小水柱，柱里的水沫子像碎玻璃一样散落，然后化作一盘雾气散开。轮到女孩拿着，男孩点了，男孩拿着打火机，光顾了躲，快速地缩回手，好几下点不着。逗得女孩咯咯直笑。点着了，女孩却没掌握好火候，要么扔得太早，鞭炮在河水深处才炸开，闷声闷气，像憋碎的屁一样。要么扔得太迟，还没到水里就炸开来。有一次不小心，鞭炮点着了，慌乱之下扔在门口，"砰"的一声，把蹲着的老狗吓了一跳，老狗好像知道是小孩玩游戏，懒懒地睁了一下眼，朝两个小孩望了望，好像责怪了声你这两个顽皮孩子，又眯眼养神了。

夜色渐浓，屋里香气冒得更厉害了，不光有了腊肉香，还有了饭香、鸡肉香、酒香。不光有了包着白头巾的老主人，还有了姑爷、姐夫、舅子。有说，有笑，有闹，犹如鞭炮丢进河里炸开的涟漪，也像桌上煮着鸡肉煮着猪蹄煮着香菇的滚开的汤锅。

天黑了，伸手不见五指。远处，几个火点闪闪烁烁，犹如老主人嘴里叼着的叶子烟锅。几个火星闪过，天却更黑了。客人们早走了，小孩们早上床呼呼大睡。老狗吃饱喝足，趴在门口，偶尔和着不知道多远传来的几声零星的狗叫，胡乱应了几声。村里的狗少了，老狗的伙伴越来越少，跟老主人一样寂寞。

几声狗叫后，村里显得更静了，老主人打开门，一脚踏进漆黑的夜里。老狗立即站了起来，抖着毛摇着尾巴跟着老主人走去。狗也真是老了，跟老主人一样腿脚蹒跚。不知道是夜太深还是不知道往哪里去，老主人走了几步就回来了。回到门口，坐在门槛上磕了磕烟锅，对着狗说，不晓得出远门的走到哪里了，过几天咱去多买几只鸡，等他们再回来过年又有吃的，平常咱也多几个伴。

狗一直趴着，没有抬眼，不理老主人，仿佛还在生气，人家在门口趴得好好的，你要往黑夜里走，走也不好好走，你带人家走几步就回来了。

中国地

老黄利用一只坏了的脸盆，在阳台上栽了一盆蒜。没多久，蒜头烂在了脸盆里。过了几天，老黄准备清理脸盆里的泥土，却发现盆里星星点点长出了不少苗芽，有的长了两片叶，有的长了一片叶，还有的"眼睛"都没"睁"开。

想起"有心栽花花不开，无心插柳柳成荫"的谚语，老黄自嘲地笑了笑，懒得清理了，你要长就长吧，反正不占地方。

渐渐地，苗芽们开始成型，基本上能辨认品种了，除开一些叫不出名的野草，有的长成了小白菜，有的长成了蒲公英，有的长成了花生苗，老黄惊喜地发现，里面竟然还有自己小时候做过口哨的野豌豆！老黄的脑海里，立刻回荡起儿时田间地头清脆悦耳的野豌豆口哨声："呼儿……呼儿……"

老黄以前喜欢养花，但都不怎么成功，不想这次，竟意外有了满盆五彩缤纷的绿意。不用施肥，也不用精心照料，花草们自然成长，绿得鲜艳，白得剔透，一些不知名的野草，还吊兰一样垂在盆边，煞是可爱。

到了夜里，盆里还引来了蛐蛐的吟唱，老黄偷偷瞧了瞧邻居家的几个单调的盆景，不由得得意起来。得意之下，又收到一个喜讯，侨居海外多年的叔父要回来探亲了。

一次，单位组织到外地考察学习，回来后，有的带回了土特产，有的带了儿童玩具，还有的存了满相机的旅游景点照，唯独老黄，装了满满一背包泥土，逗得人们哄堂大笑："你老黄不是文化学者，又不搞土壤研究，背那样大个包袱，不累呀！"老黄故作神秘地摆了摆手，顺理成章地，得了个"黄泥土"的外号。

老黄把这包泥土带回家后，用脸盆装了放到阳台上，过了段时间，竟然长出了许多有考察地明显特征的花花草草，还有一棵西瓜秧！

后来，每当有人出远门，老黄都要托人带回一包泥土，没有人带的地方，他自己则亲自前往。久而久之，老黄家里的阳台上，已经用盆子装满了各种各样的泥土，有黄的、有红的、有黑不溜秋的，有潮湿渗水的，有松软带沙的，也有粗糙夹着石渣的，但或多或少或高或矮都有植物从土里长出来，为了便于区分，老黄还专门在盆子上贴了标签，注明地点和获取时间。

人们对老黄的做法很不理解，喜欢一个地方，你去过了就行了，何必那样费心劳神呢？

经过努力，老黄终于集齐了全国各地的泥土。

侨居海外多年的叔父第一次返乡已是80多岁高龄，看到老黄家阳台上别具一格的"盆景"，格外欣喜。听老黄讲起小时候家乡可以当成口哨吹的野豌豆时，叔父泪眼蒙眬。叔父特别想回老家的田间地头走一走，但身体不允许。

签证期到，叔父要离开了。临行前，叔父伫立在放满花盆的阳台前，久久不舍得离去，看着盆里自然成长却又各具特色的花草们，叔父凑近鼻子，闭上眼睛嗅了嗅，满足地说："你这满窗的盆花土，其实就是一方浓缩的中国地啊！不同的泥土气息，不同的地域特征，不同的花花草草，都是沁人心脾的中国味啊，我要把它们全部装在心里带出国去！"

就在叔父依依不舍地和花草们告别时，老黄赶紧拿出相机，按下了快门。每当想起他老人家时，老黄都要拿出那张叔父和花盆的合影，内心默默念着：叔父永远在我们心里，我们永远在祖国的怀抱里！

此景应醉山外客

于初夏这个不冷不热的季节，来这个不远不近的地方，给不急不缓的日子放个假。

这个地方就是钟坪山花谷，位于开州区郭家镇麒麟村，距城 30 多公里的休闲之地，一个小时的车程，让你慵懒的心得到满满的放松。

虽然已过春季，但花开得正艳。进入花谷，往右走过几级石阶，一片花的海洋便映入眼帘。花，是这个休闲地的主力军。海棠、郁金香、紫荆、三色堇等十多个品种，让你应接不暇。新雨后，四周山色被清洗得清亮亮的，万花盛开，忙坏了挎着相机的游人，也忙坏了辛勤采蜜的蜜蜂。他们一个用视觉、一个用味觉，将这一季的芬芳，传达给每一个人。

沿着台阶一直往上，走过一片松林坡，松涛随风起伏，一阵阵低鸣从耳畔轻轻拂过，不知道是风在歌唱还是松涛在低语，抑或是它们两者的二重奏。

天色从微亮变成透亮，日头从眼睛的水平线，逐步爬到了头顶。蝉开始发声。它们照样讨厌盛夏，但绝不是城里蝉那样声嘶力竭的怒吼，它们表达的，是对这里温润日子的赞扬和享受。

穿过松林，进入钓场。几个数十米见方的鱼塘分列路的两边，几个年轻小伙子手握钓竿，正全神贯注地盯着水面。里面有芭蕉叶，有鱼腥草，几串气泡不时地冒出水面，是鱼儿躲在芭蕉叶下逗钓鱼人，还是另有黄鳝在透气？几个带着折叠小凳子的老年人紧挨着年轻人坐下，告诉他们该如何选点，如何放线。老人随手将一把饵料撒进塘里，说是撒窝。不大一会儿，年轻人握着的钓竿，有了轻微的抖动，随即，钓竿在丝线的牵引下，穿过芭蕉叶，穿过鱼腥草，游到了年轻人的心尖上。

穿过鱼塘，又入花海。从或红或白或粉或蓝，或五颜六色五彩缤纷，变成了一齐儿的紫。我将手拢在额头，情不自禁地感叹起来："好大一片薰衣草啊！"我话音未落，却被一银铃般的女声给纠正了："这不是薰衣草，这是马鞭草呢！"

我认不出它们的区别，但知道它们的共同点就是一个美字。随即，一架泥色荷兰风车，一块刻有"LOVE"字样的心形白色牌子出现在马鞭草的前端，几个穿着长裙的女子在风车前拍照，一对年轻的情侣背靠在"LOVE"边缘，不时变换着"POSE"，幸福在笑脸上蔓延、疯长，比满园的马鞭草还茂盛。

其实，最吸引我的，不是花海，不是钓场，一个下方有着三个孔（两边各一小孔，中间一大孔）的渠堰，让我为之一振。多好的一条堰啊！斑驳的砖墙，历经岁月的洗礼，仍然坚强屹立。从变白的墙灰和腐蚀的渠柱来看，它肯定历经了大风大雨，见证了麒麟村人的大是大非大悲大喜。一问周边村民，果然，这座渠堰修建于20世纪60年代末期，在完成了半个世纪的使命后，常勾起人们对峥嵘岁月的无尽追思。就在我伫立堰前凝思的时候，几个女孩子从我面前走过，她们透过渠堰中间的大孔远眺，对面的山脉、房屋、炊烟尽收眼底，时不时还传来几声鸡鸣狗叫，这个大孔，仿佛一座奇特的历史镜子，可知世事兴衰，明人间荣辱。

我忐忑地喊其中一个女孩子帮我和这渠堰合影留念。女孩子爽快地答应了，她说你这样喜欢这渠堰，我爸妈当年还是因为修渠堰认识才结婚的呢！我打趣，看来渠堰是你爸妈无声的媒人啊，你得好好孝敬哦！没来得及聊完，已有同伴在催促她了。

匆匆逛完花谷，已是晌午。主人家准备了丰盛的菜肴，流水席呈"一"字形摆开，至少有20桌。在这里，尝到了久违的农家回锅肉、夹沙肉、童子鸡、烧白，吃得满嘴热油，肚子已经开始告警，撑不下了，嘴巴却不舍得停下来。同桌有几个家住在附近的村民，他们说桌上的都是农家自产的放心货呢，吃吧吃吧。随着乡村振兴工作的推进，乡村旅游亮了游人的眼，也鼓了村民们的腰包，暖了他们的心。

夏日的乡村

早

乡村的空气很好，人们起了个大早。

当鸡叫四遍的时候，随着"嘎吱"一声门响，已有农人叼了烟斗、扛了锄头，开门向地里走去。狗一夜未睡，却起得比谁都早。它摇了尾巴，跟在主人屁股后头。

这段时光，是人们"打早"的绝佳时光。不冷不热，可能会顶上一个半天的工效呢！

太阳高出山头两尺了，农人依然干得欢。这时传来了"爸——爸——，妈——妈——，吃饭喽——"的喊声，便有人答"噢——"。农人便在地里的石头上磕了锄上的泥土，唤了狗，哼着老掉牙的曲儿，朝那闭了眼也能跑的路奔去。

午

老天爷冒了火，频频地向人们示威。

人们从田里回来，从山上回来，身上还淌着热腾腾的汗。搓了一把脸，桌上的碗筷已摆好。妇人也光了胳膊吃饭，望着丈夫说："娃儿他爹，咱么儿能干哩，能煮饭了哩！"

吃饭以后的这段时光，是极少有人外出的。有人睡午觉，要把上午耗掉的精力全赚回来；有人看电视，要学习更好的生活方式。有几位老人聚在荷塘边或老黄桷树下，谈论着今年的收成，谈论着谁个汉子的命不好，谁的祖宗积德，后辈考上了重点大学。

只有早年丧夫的王大嫂，扛了锄头走到田埂，瞅着干旱已久的稻田骂道："鬼老天爷哩，田里都站得稳人啰！"

晚

天色黑成了乌鸦毛，仍有许多人没回来。

过了一会儿，便有人扛了沾满泥巴的锄头回来，便有牧童牵了饱撑撑的牛儿回来，便有小孩涂了脏兮兮的花脸回来。人在叫，狗在叫，电视机也在叫。这段时光真热闹！

人们开始演奏"锅碗瓢盆协奏曲"。这家"当家的"不太爱说话，妻子却总不失时机地逗他咧几次嘴。吃完饭后，人们便认真地看起电视来。他们不争节目，有啥看啥，甚至一段城里人认为老掉牙的广告，他们也会看得很认真。而很多人已在这期间沉沉睡去。

夜静了下来，只有月亮仍很清醒，送星星回家，伴农人入梦……

红梁村的红

　　说到中国红色革命的重要力量川东游击纵队，不得不提到云阳县的农坝镇。农坝镇地处云阳县最北端，属云阳、开县、巫溪三县交界处，是著名的红色革命根据地。云阳县第一个党支部在农坝建立，川东游击纵队在农坝正式亮相并打响第一枪，川东游击纵队的创建人兼司令员是农坝人……至今，紧邻农坝镇中心小学的烈士陵园里，还长眠着李汝为、李仕吉、马仕元、张志锋、胡志言、陈阁烈士六位烈士。

　　红梁红梁，红色脊梁。作为农坝红色革命的参与者和见证者，红梁村受赵唯的影响颇深，特别是黄炳恒、黄自七两位，更是直接在赵唯的引领和带动下，加入了革命队伍，为解放事业贡献了自己的力量。

赵唯

　　赵唯本名赵学曾，又名赵野时，1907 年生于原四川省云阳县黄龙乡（现江口镇），是中国共产党川东游击纵队的创建人。1932 年 10 月，他创建云阳县第一个中共组织——农坝支部委员会。1935年1月，他与谭林、陶闿等一道领导指挥云阳县工农武装起义。1947年冬，他与彭咏梧等组建中国共产党川东游击纵队，任司令员。赵唯是一位为云阳的解放事业做出过极大贡献的真正的共产党员，小说《红岩》中的许多英烈，都是他的战友或下级。

赵唯出生于一个大地主家庭。他在上海读大学时，于1931年加入了共青团，开始了地下工作的生涯。第二年，赵唯转为中共正式党员。1933年被组织上派回云阳，建立了云阳县第一个中共党支部，将共产主义的火种带进了大巴山。1934年他父亲去世后，赵唯继承了全部财产。地下党的力量壮大起来后，赵唯于1935年1月19日，在自家的打谷场上召开了一个群众大会，将赵家祖辈积累下来的田地财物全分给了农民。然后组织了著名的云阳武装暴动，拉起队伍成立了游击队，任司令员，攻占了云阳县城。后来，这支游击队便一直活跃在大巴山和七曜山区，与国民党进行了长期轰轰烈烈艰苦卓绝的战斗。

赵唯虽然不是红梁村人，但他与红梁村渊源颇深。红梁村有个小地名叫古坟包的地方。据《四川省云阳县地名录》介绍，古坟包因古代为一多坟的山包而得名。这里山高林密，早年矿产资源丰富，不但与广产铁矿的"铁矿山"一脉相承，延绵数十里，更是农坝著名的煤炭资源出产地，供人开发了三十余年。煤炭紧俏的高峰期，等待运煤的各类车辆从矿区往公路上排出了好几公里，周边居民只需卖两三天煮熟的红薯土豆，学生一个月的学杂开支就够了。

据老一辈人讲，赵唯的两个姐姐，就是嫁到这样一个地方。真是有缘，两个亲姐妹又嫁给了黄姓的堂兄弟两人。后来，两姐妹都生了儿子，大姐的儿子叫黄自七，二姐的儿子叫黄炳恒。后来，这两人都在赵唯这个表叔的引领下，加入了革命队伍。

黄炳恒

闵家坪是一个筲箕形的平坝子，西、南、北三面环山，只有东边一条公路和外面相连。闵家坪是一个平凡得不能再平凡的小村庄，上百年来，这里村民都是靠下苦力过着肩挑背磨的生活，没出过一个当官的或者有钱的大老板。但有一个从这里嫁出去的女子的后人，在方圆几十里却人尽皆知。他就是川东游击纵队地下党员黄炳恒。

黄炳恒是赵唯的亲表侄，也是我姑奶奶的儿子，我们喊他表伯伯。从古坟包到闵家坪走路只要一个小时。据黄炳恒的儿子、我的表兄黄光竹回忆，其父亲黄炳恒约出生于 1926 年，从两三岁开始，黄炳恒就跟随父母经常到闵家坪走动。每去一次，他都要在外公外婆家耍几天，和跟他年龄相仿的舅舅、姨娘一起做作业，一起玩耍。可以说，他是闵家坪的长辈们看着长大的。认识黄炳恒的人都说，这孩子沉着、脑瓜子也转得快，做事靠得住，很有些名堂。

这与表叔赵唯对他的评价基本是一致的。赵唯因经常在姐姐家走动，与黄炳恒、黄自七两个后辈亲戚见面的机会较多。赵唯先与黄炳恒接触后，觉得他人机灵踏实，又敢作敢当，便有意培养他，准备吸纳进革命队伍。

据表兄黄光竹回忆，刚开始，赵唯只让黄炳恒做一些传递情报信息的事，相当于交通员、信息员的岗位。后来，逐渐成熟，斗争经验丰富了，赵唯见时机成熟，就和陈凯之、沈凯等人一起，介绍黄炳恒加入了中国共产党，那年，黄炳恒还不到二十岁。

入党后，黄炳恒的斗志更加昂扬，影响了很多身边人，黄文珍就是一个典型例子。1944 年，农坝乡地下党组织指派地下党员黄炳恒去紧邻农坝的开县岩水区工作，主要是在当地建立党组织。黄炳恒到岩水后，就住在黄文珍家里。闲谈中，黄炳恒经常给黄文珍讲些革命道理。她的两个弟弟在万县读书受过进步思想的影响，对黄炳恒的言论颇为赞赏，她本人对黄炳恒的话更是佩服不已，激动地说："只要今后你们需要，我干什么都不怕！"

从此以后，黄炳恒经常到岩水活动，缺衣少钱时都得到黄文珍的支持。1948年，川东游击队巴北支队负责人陈恒之和黄炳恒到岩水活动，黄文珍得知后，立即派人送去粮食和猪肉。1949年，国民党调集重兵，在开县岩水、河堰等地围剿地下党和川东游击队时，地下党员和游击队员到岩水地区隐蔽，常住在黄文珍家附近的一个岩洞里，黄文珍长期给他们送粮送水，报告情况，成了地下党的可靠朋友。后来，她的行动被岩水乡乡长马瑞南察觉，即密告驻云阳的国民党军队。1949年7月黄文珍被捕，虽受尽种种严刑拷打，但意志坚强，拒不供出我地下党和游击纵队的情况。8月6日，黄文珍在农坝乡窄口子被枪杀，行刑时，还高呼"共产党万岁"。

阴错阳差，黄炳恒后来又成了我外公的亲妹夫，从表伯伯变成了姑外公。我和他的接触就更多了。那时候应该已经六十岁了。我和爸爸一起到他老家要过多次，每次去，他都会催姑外婆："客人来了，你还是做点瘦菜嘛！"我不知道他说的"瘦菜"是什么，但应该是好客的意思吧？

我的印象中，他身体一直不大好，有哮喘病。后来病情严重了，他就直接住到医院去，常年由姑外婆服侍。当时很有些纳闷，他从不工作，住医院也不用给钱，还从来都不差钱用，他的钱都从哪里来呢？

每次过年过节见面，这个我称为表伯伯、姑外公的老人，都会语重心长地勉励我们这些后辈："小娃娃们，读书要努力啊！"

2005年5月，姑外公黄炳恒去世。表兄黄光竹回忆说，他死于肺气肿，应该是当地下党员时岩洞住多了，有时候连岩洞都没有的住，风里来雨里去的把身体搞垮了。

李汝为

在重庆市云阳县农坝镇烈士陵园，安葬着解放战争时期以及解放初期牺牲在农坝镇的六位烈士。其中一位烈士他虽是文弱书生，却铁骨铮铮；他虽高度近视，却清晰地看到了坎坷道路尽头的繁华景象，他就是"冷眼对杀场、笑脸迎山河"的李汝为烈士。

李汝为原名李昌纯，1922 年出生于重庆市江北县鸳鸯乡。1939 年加入中国共产党。1945 年 2 月，先后任中共汤溪工委书记，川东游击纵队巴北支队政委。

1948 年 2 月 19 日，面对敌军压境，赵唯和李汝为决定率领游击队向巫溪境内的风竹淌转移。游击队趁夜行军，在农坝乡窄口子与敌军狭路相逢。战斗打得很激烈，李汝为和司令员赵唯被冲散。到达红梁村境内后，高度近视的李汝为不慎丢失眼镜，几乎寸步难行。第二天天还没亮，李汝为准备进一步转移时，在小地名梭草子梁的地方，迎面碰上搜山的敌人。敌人见他衣裳被树枝剐破，脸上有伤痕，行动可疑，便把他押到敌军 581 团驻地。

审讯时，李汝为一开始自称姓林，到农坝来卖猪。但敌人早就听闻游击队首领叫"李偏颈"，而眼前的李汝为刚好脖子有左偏的特征，于是对他严刑拷问。

李汝为知道瞒不过敌人，便坦然承认："我就是'李偏颈'，要杀要剐由你们！"

敌人对李汝为施以酷刑，要他招供游击队的情况。李汝为大义凛然："你们杀了我'李偏颈'，杀不完我们共产党人！"

敌人无可奈何，指使农坝乡乡长来劝降。但李汝为软硬不吃，铁骨铮铮。此时，他已将生死置之度外，在牺牲前夜写下就义诗：

你们的电刑没奈何我，

你们的野蛮我早已领教过。

我冷眼对杀场，笑脸迎山河。

鲜血换来的是自由，

屠杀，也挽救不了你们的没落！

2月22日清晨，敌人将李汝为押往窄口子场枪杀。一路上，他高呼口号。牺牲时，年仅26岁。

农耕记忆

盛山植物园与开州城区相距不过五公里。

赏过漫山秋色，踏过银杏遍地金黄，越过流水潺潺曲悠悠的小径，来到一座小木屋——农耕文化园小憩。

水是万物之源。农耕文化园一楼，陈列着水车、水瓶、水桶、水缸，这么说吧，凡是与水有关的旧物件，都跨越数十上百年，在这里相聚。看着这些老物件身上的纵横沟壑，仿佛能听见它们在窃窃私语，悄声感悟着时代的变迁和生活方式的变化。我是一个典型的农家子弟，这些东西都熟悉得不能再熟悉了。往常这个季节，庄稼已经收成，猪儿肥得挤槽，猪草是不用打了，但天天仍然需挑上几挑水。由于姿势不是很正确，水桶压在肩头生疼生疼的感觉至今记忆犹新。农耕园门口，有一口装满水的石缸子，几只不知名的虫子，在两株水葫芦的掩映下嬉戏。滴答、滴答，时不时有水滴从水龙头滴进缸里，如永不停歇的时钟。

这里陈列更多的，是除水用之外的家用干物件。桌子、椅子、凳子、罐子、碗碟，还有一顶轿子，一驾马车，特别是挂在墙上贴着红纸黑字的大簸箕，更显得丰收味十足。是啊，现在生活水平向前迈了一大步，生活节奏也随之加快，农民天天都有丰收的感觉。但我更喜欢的，是这些老物件带给人的宁静和祥和，越是生活条件优裕，越应理性、清醒。

从木梯子踏上二楼，这里同样是属于80、90年代的生活日用品，缝纫机、黑白电视、竹制凉椅等一应俱全。墙面上，挂着一幅毛泽东同志的画像，仿佛时刻提醒着大家："吃水不忘挖井人！"

紧邻这座小木屋的，是另一个更重要的农耕体验场所，这里有可以手工磨制苞谷浆、黄豆面的石磨。小时候，推磨基本也是天天必修的功课。十来岁，推不动磨，就给大人打下手，往磨眼里喂苞谷、黄豆，辣椒酱也是这样磨出来的。由于不用自己出力，我总是嫌大人推得慢了，不断催促。稍微大些，我们可以自己推磨了，才晓得推磨并不是一个好玩的差事，很考验人的耐力，久了膀子酸痛，对于腰不好的老人，更是受罪。

现在，这些老物件正一件一件地消失，农活也正离我们逐渐远去，盛山植物园设置的农耕文化园，可谓用心良苦，让我们在体验农耕生活的同时，催人奋进，警醒后人。

风物

远去的劁猪匠

我们于是盼着春天来。春天一来，油菜花就疯长，当长到一人高，我、铁桥、红梅背着背篓钻进油菜花里扯猪草，野豌豆就成熟了。摘一个熟透的野豌豆角，去了籽，放到嘴里，腮帮一鼓："呼儿，呼儿……"清脆的声音传出油菜田，传到田埂、堰沟，传到对面的山上去了。

我们三个铆足了劲，比谁的声音大。铁桥总是死不要脸，他说他吹的野豌豆，比对面山上黄牛叫的还好听呢！红梅不说话，红梅是跟娘嫁到我们这里来的，她的后爸也就是我的大伯太凶，她只有在外面打猪草的时候才敢和我们玩，平常在家里大气都不敢出。红梅害怕我们在外面也不和她玩了，所以不管什么事我们说什么就是什么。

所以我就很讨厌铁桥，无论什么都要和我争个高下，其实是我吹的野豌豆声音更大、更好听，但铁桥硬说："不行，我比你们两个都大，再说今天是偷的我们家油菜地的猪草！"

我不服气，那次偷我们家的瓢儿菜，你也说你吹的野豌豆好听！

就在这时候，我们的争吵声戛然而止，因为我们对面的田埂上，传来一个比我们的野豌豆大十倍的号角声："嗬……嗬……噜……嗬……"

两头短，中间长，声音还要转上几个弯，就像是从田埂里飞出来，飞到后山，到小丫口，再飞进我们耳朵，好听极了。我们当即决定，这个声音才是老大！我们一路盯着声音跑，一不小心却回到了我们自己的院子里。

听到号角声，几乎每家都捉出几只猪崽，一只只猪崽被这个吹号角的男人摁倒，在另外几个人的协助下，男人拿出一个桃心形带柄的刀子，在猪崽的腰部划开一个口子，用手指在里面鼓捣一阵后，从里面取出一个石子一样的小肉肉，又将刀子叼在嘴上，拿出针线给猪崽缝上，猪崽终于停止了哀号。

这个男人是做什么的呢，对小猪崽这样残忍。又看见他会用针线，他会是裁缝吗？

大伯说傻小子，那是劁猪匠！

我也不明白劁猪匠到底是什么，虽然看见他把一只只猪崽弄得哭兮兮的，但觉得他吹的声音好听："嗬……嗬……噜……嗬……"

这时候我们才仔细看这个男人，有点丑，有点老，一只脚还有点跛。但我们佩服他、喜欢他。每当他的号角响起，四面八方早有人将猪崽捉出来，你家一只，他家两只，就像体育课老师吹集合哨子一样。

所以，每到春季，我们就吹野豌豆，希望劁猪匠听到野豌豆声音，快点回到我们这里来。劁猪匠也好，再跟在他后面，他不赶我们了，还和我们说话，逗我们，说你在家不好好读书，小心我把你也劁了。铁桥不说话，我却捂紧裆部，躲在后面放慢了脚步。我们知道了他姓张，有一个女儿还在读小学。张劁猪匠一来，我们猪草也不打了，就背着空背篓跟在他后面，装着给他带路的样子。有了这层遮掩，大人竟没骂我们，遇到客气的人家，还给我们拿出个橘子，或者捧一捧爆米花。

春季是人们杀完年猪后，买"接槽"的大好季节，所以劁猪匠的生意也特别好，生意一忙，张劁匠和我们说话的时间就特别少。但忽然有一天，大人们都没时间管我们了，张劁匠陪我们说话的时间多了，他反倒急了，没了耐心和我们说话。再到后来，张劁匠干脆不来了！

他这一不来，把我和铁桥急坏了，我们于是更加卖力地吹野豌豆，使劲地争谁的声音大，我们想把张劁匠吹出来，张劁匠却狠了心要和我们捉迷藏，再也不露面了。我们去找红梅，却发现红梅独自在家里推磨，见我们去，她示意我们不要说话。我悄悄问红梅，劁猪匠呢，她说劁猪匠把她家的猪崽劁坏了一只，爸爸和他打了一架。张劁匠说他再也不会来了。

我和铁桥都急了，硬拉着红梅冒险找到张劁匠家，却没找到人。我们躲在他家屋后，却见一个十来岁的小女孩在剁猪草。小女孩个子不高，赤着脚挽着裤腿，剁完了猪草，又出去背柴。小女孩背了一捆柴，吃力地蹚过一条小河，这捆柴严严实实地压在她的身上，底部已经拖到河水里了，小女孩却若无其事地哼着曲儿：豌豆苞谷，牵牛下河，打湿幺妹的裤脚，哥哥骂我，嫂嫂嫌我，没得话说……

要不是早就知道有个小女孩在下面，我们会以为是那一捆柴自己在移动。

我们问人，旁边的人说张劁匠哪里有女儿，他的哥哥娶了后嫂子，后来生了个女儿，哥嫂先后离去，留下女儿却不受待见。是张劁匠自己跑去把小女娃娃当女儿的，听说前几天出去劁猪被人打瘸了另一条腿，又想办法替小侄女挣学费去了。

听到这里，红梅"哇"一声哭了出来，我们也很想听劁匠的号角声，难道，红梅比我们还想得厉害吗？

大人们都出远门去了，家里不喂猪，也不用打猪草了，我们突然怀念起那个号角声来。我们在嘴里学着，在心里学着，白天在田野里学着，夜晚在床上还学着，突然觉得不对，张鲥匠的号角声，分明吹的是："呵……呵……路……呵……"

乡村小名

那些年，乡村的孩子，基本上都有一个小名儿。虽然只是一个普通的代号，却也因这样那样的原因，被起得五花八门、百花齐放，并蕴含了家长对后辈殷切的期望和美好的祝福。

比如，家长文化水平稍高的，孩子就起名为学文、书生、文化等，这是雅名。中性一些的，也要分成几类，有按出生地点起名的，被称为铁桥、岩娃、水娃。有根据出生的季节起名的，被称为燕子、红梅、冬梅、冬秋、桂花、瑞雪等。更常见的，则充满了时代的烙印，如红军、改革、国庆、五一等。这些都算上得台面的，再往后面列，可就不敢恭维了，它们来得那样生猛、那样直接。草青、路长、捡宝儿、猫儿、二狗、贱狗、莽牛儿、旱鸭儿、叫鸡公、骚羊公，别看这些名字越往后面越粗俗，往往起这些名字的父母都没有文化，或文化极低，但细细品来，同样赋予了他们对孩子命贱、好养、易长成人的期望。

将一个名，或一个人，放进社会大潮，就像一滴水融入大海，根本算不了什么，但把他们返回到每一个家庭，则每个孩子都是那样重要。

几乎每一个小名，都有一个唯一的来由或者故事，全国各地加起来，恐怕就是一本超级无敌民俗风情百科全书了吧？

那时候，长晚辈、上下级、亲朋好友间见了面，几乎都喊小名。只是长辈或者上级，小名后面再加一个尊称或者一个职务罢了。比如贱狗哥、牛儿二爸、骚羊公表叔，比如学文乡长、路长村主任……喊的虽然是小名，但大家都心知肚明，该什么辈分，该什么位置，从不会乱套。规规矩矩，长辈是长辈，上级是上级。

那些年，在小名面前，似乎身份、出生这些差别全被模糊化了。谁家亲戚当了干部或者当了老板，到了村子里，照样喊小名，打过招呼，见啥吃啥，见啥做啥。烧苞谷棒子照样啃，烧老二白酒照样喝，烧红苕照样吃，如果主人家正在插秧，正在割麦，定会立刻脱了鞋子挽了袖子投入战斗。如果你这个"贵人"吃不惯粗饭，干活也溜边，那对不起，你会被村里列入不良分子名单。这个名单不写在纸上，谁也不说出来，它装在大家的心里。奇怪，只要你被列入这个名单，就很难改变全村人对你的印象了，在这个方面，村里人最公正。但是，换过来思考，谁家舍得当干部或者当老板的后生晚辈吃粗食干粗活呢？

所以，人堆里，只要能叫出你小名的，肯定都是你的熟人或者至亲。那时候，电话还不普遍，哪家有了什么事，都是甩了脚板扯了嗓子，隔了河或者隔了山大声喊："狗娃，赶场帮我带两包盐、一块肥皂……"那边应着："贱狗……你放心……"或者天黑了大人喊："三女娃子（排行第三，性格温柔的男孩子），回来吃饭了哦……"所嘱之事，必定稳妥。现在有了手机，反而不靠谱了，接二连三打了电话，发了短信，甚至整了微信发了QQ，嘴上、文字上都亲热而爽快地应着，就是落不到实处。

到后来，随着时代的进步，人们文化、生活水平的提高，很多称谓都变了，比如以前的"嘎嘎"改为外婆，"嘎公"称为了外公，"嗒嗒"称为了爷爷，一些方言称谓全被念成了普通话，不可避免地，那些或雅或俗或怒或乐的小名也被逐渐冷落，取而代之的，是一些无比体面的称呼：某同志、某小姐、某老师，等等。然而，遗憾的是，这些好端端的称呼，硬是生生被一些人整坏、叫坏了。对同辈，甚至对长辈、上级应有的敬畏也逐渐消失，被一些或荤或素的玩笑整乱了套。

那个能以小名示人的年代，是纯真的年代，满含人情味的年代，人们对于小名的态度，大部分感觉美好，是主动、乐于接受的，即使有个别不乐意接受，甚至找人扯了一顿皮之后被迫接受的，久而久之也习惯了。

"令娃……令娃……"写到这里，我仿佛听到了自己小时候曾经被人喊过的小名，那清晰的乡音在我耳边萦绕，经久不息。

当故乡油菜田里的野豌豆呼儿呼儿吹响的时候，当燥热的蝉子刺啦刺啦从胸腔持续喷出"热啊……热啊……"的嘶喊的时候，当片片落叶簌簌地催我回家，当颗颗白雪残忍地爬上我双鬓的时候，我匆匆收拾好行囊，背上满怀相思和一腔热情，就像多年前收拾好书包，带着五元钱一周的生活费和六斤大米、一罐咸菜翻山越岭去求学那样，我义无反顾地回到了故乡。我急于听到"令娃……令娃……"的声声呼唤，然而，故乡的春天已没有了满坡麦苗和满田稻香，故乡的夏已没有了炸壳的豌豆蹦粒的菜籽，故乡的秋已没有了飘香的瓜果满墙的干辣椒和金黄的玉米棒子，冬天里，已不见坐在土墙屋边抽着叶子烟讨论收成的大爷大叔，过年肥猪那嗷嗷嗷的自豪的吼叫声也已失踪多年……

一个老眼浑浊拄着拐杖身形佝偻包着头巾的老人颤巍巍向我走来。

"你是哪个？"

老人眼神是那样陌生和无助，我凑到他眼前，尽量让他能看到我的样子："二伯伯，我是令娃，令娃呀！"

"你是哪个？"

"二伯伯，那年您还帮我家打过地脚石，我放牛时我家那头大水牛还偷吃了您家的红苕呢……"

老人曾是一名石匠，年轻时身体壮得赛过牯牛。我还没说完，他就一脸茫然，不知所措地颤巍巍地走了，一边走一边自言自语地摇着头，他终于没有认出我……

乡村丧事

在乡村所有的公众活动中，人们对于丧事的敬畏程度应该是最高，也最慎重的，这不光是对于逝者的尊重，更是对千百年来丧事传统的自觉传承。

发信号

最准确的是鞭炮。

在乡村，鞭炮的影响力无所不在。逢年过节、红白喜事、敬神祈福、驱鬼祛祸、动工破土，以及初一、十五固定的燃放等，包罗万象。这一年的岁月，就是鞭炮穿起来的。每年正月初一的迎新春，年末的除旧岁，都是由鞭炮来完成。一年的日子，几挂鞭炮就燃完了。

但鞭炮更准确的信号，莫过于警告人的离去。谁家日中或者半夜无缘无故地响起短挂鞭炮，人们心里都会咯噔一下：遭了，这家肯定是谁谁不在了！即使再忙、再累、再冷、再晚，人们必定会放下手中的农活或者正准备开吃的饭碗，拿了手电舞了火把披着衣服，以最快的速度往那家飞跑。

久病在床的老人，不用他本人交代，鞭炮是后人早就准备好了的，人一掉气，做的第一件事就是点燃鞭炮。对于意外客死他乡或者在外就医无效死亡的人回到老家，第一件事也是以鞭炮报信。但乡村有个规矩，在外逝去的人，是不能到屋的，只能将尸体停在屋外，等待办后事。

如果没有准备鞭炮，或者突遭意外，那么家人的哭声，就是最准确的信号了。谁家突然哭声四起，必定是离人之痛。包伯娘病逝的时候，我才几岁，突然听到他家里人哭得一堂糊；李大奶奶在坡上种庄稼的时候，突发急病死在自家屋后的竹林里；安娃子不到四十岁，在外面遭遇车祸，都属此类。

鞭炮代表着正常、正轨，或者寿终正寝，能用一挂鞭炮为自己的一生送行，是村人一个起码的愿望，也是能从屋里走向山上，最基础的标志。

我的堂兄林哥，差点连这个最低端最基础的愿望都没能实现。

林哥是我二伯的三儿子，此前他的大哥、四弟都已先他几十年离去。那二位的音容笑貌我至今尚能回忆起一些，特别是他的四弟也就是我的幺哥去世那年才二十一岁。他性格开朗，很爱开玩笑。我还记得他曾逗我的一句玩笑话："……叫你去拿桶，你偷人家红苕种；叫你偷一根，你要偷一捧；叫你偷一捧，你要给别人偷脱种！"

大哥、幺哥都是生病去世的，虽然他们的一生都还没来得及尽情绽放，特别是幺哥，婚都没结就匆匆离去，但好歹他们是在自家屋里离去的，尚能享受那一挂鞭炮的引领。林哥，这样一个我认为作为本村文化素养最高、待人最和善、最能识大体顾大局的土著兄长，却差点连屋都进不了而停尸门外，不得不让人唏嘘。

重病后，林哥在重庆就医，在最后的日子里，他已双目失明，所有交流都只能靠写字。一天，医生神情凝重地和他的家人交代："你们想让他回家不，如果想，今天一早就赶紧行动，否则……"

医生的话没有说完，但大家都懂。虽然才两年多，无情且残酷的病痛，让家人早就接受了现实，有了林哥随时离去的心理准备，甚至觉得早日离去，对深受折磨的他来说，还是一种解脱。于是家人花四千元，从重庆主城租了一辆私家车载着林哥往家里赶。林哥虽病入膏肓眼睛也看不见，但他心里何尝不明白呢？在护士给他拔去输液针管的时候，他紧紧吊住护士的手不松开。平常开玩笑的时候，大家都豪气冲天，说十八年后又是一条好汉，可真到了万不得已的地步，谁不想抓住最后的救命稻草呢？

一路上，林哥的状态在昏迷和浅度清醒中不断轮换着，但醒来后，第一时间都是在担架旁边摸索着，肯定是找纸笔，是想问到哪里了吧？好不容易到了家乡农坝镇的地界，为了防止他在关键时刻断气，家人带着他到农坝卫生院打了强心针。

此时，林哥已陷入深度昏迷，家人一路呼唤着，到达老家闵家坪了，不知道是回光返照还是水土的感召，他再度醒来，居然挣扎着写了好几个字，歪歪斜斜的："哪里了。"

家人将嘴巴趴到他耳边，到家了。说完之后，林哥的一股长气就断了，再也没有上来。此时已午夜十一点半，距到达屋里不超过5分钟。

短促的鞭炮声响起。有年长且睡眠不好耳朵又尖的老人，隔着未安装玻璃的窗户向外面张望，又摇了摇睡得沉沉的老伴说："快醒醒，林林儿（林哥小名）回来了！"

装殓闭殓

小孩子天性都爱凑热闹，不论是红白喜事还是做生摆酒，都喜欢往人多的地方钻。死了人，本来是件很让人惧怕的事情，但小时候我们却都不怕。不但不怕，因为不用上学，不用干活，有好吃的，还可以捡没燃过的鞭炮，还很高兴。我们把鞭炮放到人家屋檐下的水缸或是粪桶里，就可以听到砰的一声闷响、溅起一股水柱。如果逝者高寿死亡，是喜丧，还可以看到玩狮子（舞狮），多么好的事！于是，我们夹杂在悲伤而又忙碌的人群里，有种按捺不住的莫名的兴奋。

但任你再调皮、再喜欢凑热闹，有两个环节大人是坚决不让小孩子靠近的。

一个是装殓。这是逝者离去后第一时间开展相应工作的黄金时期。往往由经验丰富的年长者进行。这个环节是千万不让小孩子靠近的。得到信号的第一时间，大家都处在极度悲伤当中，但诸如擦洗身体、活动手脚、穿寿衣等各个环节，又只能在神秘的氛围中紧张有序地快速进行着。和鞭炮、棺材一样，如果是年龄较大的老人或者久病之人，寿衣也是早就准备好了的，但因人去世后身体僵硬，穿衣服非常考验人的技巧和经验。有手抬着收不下去的、有头歪着扳不正的、有嘴巴张开眼睛睁大的，据说凡此种种，都是心中有冤屈或者有心事舍不得撒手而去。但不论什么情况，都要想方设法尽量让逝者处于安详的状态。

这些都还好解决，如果是交通事故、刑事案件或其他意外事故，造成肢体残缺或面部不堪者，在还不流行火化的年代，装殓就是一个很让人头疼的事情了。平常再和善的老人，也会找各种理由拒绝。村里有个不成文的规定，凡如此种"凶上去的"或者未满六十而殁者，都不吉利。大人都忌惮如此，何况小孩子呢？小孩子还年幼，接触到了就是一辈子的晦气。所以大人就千方百计不让小孩子靠近，或者瞒着不让小孩子知道。但越神秘就越让人好奇，小孩子眼睛尖耳朵尖脚步快好奇心又强，都如沙地萝卜一般一带就跑了，哪有他们不知道不掺和的呢？好多事可能大人还不知道，小孩子已经七嘴八舌议论开了。

大哥、幺哥去世得早，因为物资短缺，让很多小孩子都看到了装殓前的景象。那时候，农村不像现在这样发达，棺材可以定做或者现买，一个电话就送到了。那时候人死了还要人工现改木料，请木匠师傅现做棺材。起码得两到三天，装殓就慢了些。我曾亲眼看到大哥、幺哥躺在自家的门板上，手里用筷子穿着两个洋芋。这是担心人死了，黄泉路上缺少吃的吗？在那个物质普遍匮乏的90年代和90年代初期，洋芋不算很差的吃食，假如换到现在这种生活水平，所穿之物，起码是馒头花卷甚至牛羊肉了吧？

　　另一个是闭殓，也就是盖棺，现在说的遗体告别。让亲人见逝者最后一眼，然后盖上棺材盖子并钉死。乡村办丧事，这个环节都是在坐正夜的深夜或者凌晨，逝者留在人间的最后一个晚上进行。闭殓是个非常慎重的事情，基本上所有的人都要到场，小孩子不论大小睡觉了要喊醒，喊不醒的，拍醒。拍不醒的，打耳光、抹凉水都要弄醒。把留着缝隙的棺材盖子盖上并钉死，据说如果这时候谁睡得死死的，就会跟着逝者的灵魂一起被带走。闭殓的时候，人也不能对着棺材头，不论大人还是孩子，一旦在盖棺的一刻，影子被盖进去了，就是致命的大麻烦。据说轻者重病，重者步死者后尘。所以，在办丧事的时候，大人都让小孩子要么尽量早睡，睡几个小时好醒瞌睡；要么晚睡，等闭过殓之后再睡。关键时刻掉了链子，大人岂不慌死？

　　好在爱凑热闹进入过那样多丧事现场的我们，都平平安安地长大了，特别是长成带着叛逆心理的半大小子后，哪家办丧事闭殓，我们睡得迷迷糊糊嘴里答应着，大人忙活去了又睡着了，却没被盖住影子，也没生大病更没步死者后尘，就暗自庆幸着，胆子也越来越大了，对那些上传下教的风俗有了自己的认识。

收脚迹

脚迹，即脚步的痕迹。按村里人的说法，人在生的时候走过哪些地方，死后临上路离开人间之前，也就是"头七"的日子，就会去那些地方，将自己的所有痕迹收集并带走。为什么收走，是为了去阴间后放电影一样无穷回味吗？还是这些痕迹都收走了，让亲人们都看不见了，减少悲伤和怀念呢？其实，应该算是和人世间的一种告别，或者和亲人的一种告别吧。

小时候，我没太听说大人说的话，以为是收"撮箕"（一种装东西的成挑的竹制品）。我心里很纳闷，收也应该收破铜烂铁和纸壳、烂胶子之类的去卖钱嘛，撮箕平常用来挑灰挑泥巴挑秧苗用都快用坏了，哪个来收，收去又有什么用呢？

脚迹看起来无具体形象，来无踪去无影，但其恐怖程度，却远在装殓人这种看得见摸得着的实物感官之上。

哪家人去世了，后面经常听人"马后炮"式绘声绘色的说法：某天夜里窗外胶纸直响，我还以为是风吹动呢，就像谁在拍打窗子；某天半夜门直响，我还以为是风打在门上呢，活像谁在推门或者拔门闩；某天听见几只狗在野地里哭嚎，叫得那个惨哟，就像是人在哭；又说睡到半夜，就听到外面有人在走，走过去又走过来，脚步声清清楚楚，偶尔还传来一声咳嗽；或者说某天晚上睡到半夜起来解手，看到一个黑影带着一个鬼火点点，呼啦一下往谁谁家里去了；还有人说，睡到半夜，就听到外面有人喊谁谁的名字，喊得有气无力的，喊一阵停了没得人答应又喊……

总之，玄乎其玄，神乎其神，都是和逝者密切相关的，好像有了这些前兆，这人不死都不行。特别是那些关于"凶上去的"或者年轻殁者脚迹的传说，更是听得人毛骨悚然。如果是一大圈人坐在火塘前烤火，你烤着火，手差点被烤煳了，背上却发麻发冷，明明天黑才不久，却外出撒尿的胆量都没得。

这种关于脚迹的怕，很可能延续数日，甚至数月、数年的。它在你放学后贪玩好耍回去晚了的路上追着你，在背着背篓打猪草从油菜林里钻出来小跑回去的傍晚追着你，在大人走地方或者干活还没回来的黑夜里追着你，总之，只要一联想起，任何风吹草动都会吓得你寸步难行。

在乡村生活这样多年，关于脚迹的记忆，唯独七爷没有让人害怕过，不但不怕，还让村庄所有人都觉得心酸，还想看一眼。

七爷是腊月初八去世的。消息传出后，人们很快闻讯而来，在或悲伤或严肃或平静的表情中，快速有序地为坐夜做着各项准备工作，忙而不乱。放信，也就是报丧的率先出门去了。那时候信息不发达，不论多远，都需要脚程快、身体好的壮年男子亲自传达到。赶制棺材的木匠师傅来了，两个经验丰富的帮手正在卖力地拉扯着锯子，按照木匠师傅弹的墨线改拆木料。办厨的来了，蒸蒸笼的锅灶生起了火，炒菜的锅碗瓢盆一应俱全。那时候，前来坐夜离家远的亲戚朋友都会留宿一晚，在家家接待能力都有限的情况下，只能借桌椅板凳摆席，靠借铺盖打地铺。但有一个棘手的事，七爷去世快大半天了，仍旧没闭眼。

七爷的眼睛睁得大大的，来了好几个经验丰富的老人家，捏抹、按压，好话也说尽。什么诸如你安心走，老的小的会安排好照顾好的，说这样多年你该吃的药也吃了该打的针也打了，说你好歹活了四十七八年，比你那一年生的老庚多活了二十几年呢。但无论如何，他始终都两眼盯着来来往往忙进忙出的人们，让谁都感觉浑身不自在。人们一口咬定，他肯定还有心事未了。

"难道有谁欠了七爷的利息钱没还？"

"七爷是想吃口刚刚煮得烂熟的腊八粥？"

"他担心后人会对七奶奶不好？"

不管人们怎样说，七爷的眼睛都瞪得大大的，好像人们猜测一句，他的着急就加深一分。

"是不是爸爸担心小女娃子，想等她回来见最后……"七爷的儿子长青说话了。

"你住口，我们没有那样不要脸的女儿！"谁知长青这句话还没说完，七奶奶的吼声夹着哭号声就冷水一样劈头盖脸地泼了过去。

"老天爷，你怎么这样捉弄我啊，造孽啊老七……"七奶奶不停地跺着脚，撕心裂肺般地数落着。

七爷的女儿小名小女娃子，长得很漂亮，这是村人们都知道的。小女娃子身材好，面容也俏，一头乌黑的头发一直垂到屁股墩。小女娃子嫁给离村子不远一个老实巴交的砖匠，日子本来还算可以，可不到两年，她竟然跟一个操着外地口音的收头发的男人跑了。而且这一跑就是十多年，杳无音讯。人们都知道，七爷有肝病和肺病是不假，但他的病，更多的是让小女娃子给气的、怄的。

长青刚说完，有人试着轻轻抹了几下，七爷的眼睛竟然闭上了！

七爷死后第七天晚上，也就是"头七"，"回魂夜"到了。据说，这天晚上，逝者的灵魂会在阴差的陪同下回来作最后告别的，更有人说，逝者甚至还会最后一次帮忙做点家务呢。对此，七奶奶尤其相信，所以，她不顾家人的极力反对，硬是在夜深人静的时候，在供奉七爷灵堂的堂屋里撒下厚厚的一层炉灰。她坚信，只要七爷回来收脚迹，肯定会留下脚印的。更想不到的是，她竟然不准家人们睡觉，要家人们陪着她在回魂夜里看七爷最后一眼。

凌晨一点了。按照七奶奶的要求，大门没有上闩。不时地有风打在大门上，活像有人在推门。随后，风被门摔打成一丝一丝的从门缝里挤进来，吹得堂屋供奉七爷灵位的纸幡呼呼作响，蜡烛摇摇欲灭。人们陪着七奶奶躲在偏房里，眼睛紧盯着堂屋，眨都舍不得眨一下。虽然已经是半夜了，可人们在如此紧张的气氛中，一点睡意也没有。

"来了来了！"

"啊呜……"

不知是谁想尖叫，啊字还没出声，却被人一把捂住了嘴。胆子小的惊得心好像要跳出来了，手心汗得手电都握不住了，纷纷往后退。几个胆子稍微大些的，公鸡打鸣一样伸长脖子朝前望。

门缓缓地开了。蜡烛悠然熄灭，纸幡响声更大了。隐约中，人们看见一个穿长白褂、戴高帽子的人提着一个黑袋子进来了。长白褂朝四周望了望，走到了七爷的灵堂前，像是在哭，像是在笑，一会儿磕头，一会儿站立。嘤嘤呜呜鼓捣了好一阵子，白褂将手伸到前面，有人努力想看到他在做什么，但被他的背部挡住了。

"啊——"是谁突然哇的一声叫了出来，白褂听到声音，忽然拼命往门口飞奔而去。一不小心，竟然被门槛绊倒，重重地摔倒在地上，伴随着"哐当"一声脆响……人们都害怕地闭上了眼睛。

当人们睁开眼睛时，却发现七奶奶已经朝白褂猛扑上去："小女娃子，我的小女娃子，我苦命的女儿啊……"

手电齐明。白褂的高帽子已经被摔掉了，一头黑发瀑布一样呼啦散开来。七爷的遗像掉在地上，玻璃做成的相框被摔得粉碎。

人们重新点亮了蜡烛，七爷的灵堂前，摇曳的烛光和缭绕烟雾中，长青看见供桌上摆放着的物品中，多了他爸爸生前最爱吃的红蜜橘。

丧事响器

我在想，农村的丧事，如果没有诸般烘托气氛的鞭炮、锣鼓、唢呐、哀乐、手炮甚至乐队等响器，会是什么状况呢？事实上，除年代久远的特殊情况，现在是不会存在了。

炮手

此炮非彼武器中的枪炮，是专门在丧事活动中履职的响器。

炮的形状、大小都和手榴弹差不多，装进火药点燃引线，炮就响了。按响声数量的多少，炮分为三眼炮、六眼炮、九眼炮。

在丧事活动的所有序列中，只有炮手是最偷不到懒的。炮声响彻四方八里，远处的人听到炮声，就像近处的人听到鞭炮，都会循着方向猜测，这是谁谁家的人过世了，然后就会拿出账簿看看，或者使劲回忆一下是否欠人家的人情，如果欠人情，则会主动打听那家什么时候坐夜，人什么时候上山。

每逢坐夜，看人家打锣鼓或是唱孝哥，或者玩狮子，炮声震天响起的时候，我就特别烦，心想着关键时候放炮的怎么不停一下啊，又想着要是没有放炮的，该多好啊！

炮手的主要行头，是背一只打猎人那样的网兜，网兜里面装着盛有黑火药及引线等物品的弯角，走到哪家，也不多言，就和知客师约定用几眼炮、几斤火药、多少引线，算是讲定了，然后再也不会找主人家说什么，放炮就是了。

看似干脆简洁，其实炮手的危险性最大，火药可不是好要的。炮手第一要禁的就是吸烟，特别是在操作的时候，稍有不慎，就会引发火灾或者爆炸、烧伤烫伤。再就是要耐得住寂寞，我们周边就袁户全一个人是炮手，在我小时候他就已经60岁左右了。长久的从业生涯，本来话就不多的他，变得更加沉默寡言。没有人问他师出何处，因为职业的特殊性，他都是一个人孤独、默默地劳动着，不像锣鼓匠中途休场还可以抽烟、摆龙门阵。除此之外，炮手还要守得住清贫。除了给死人开路壮行外，炮手不能从事其他兼职。在太阳好的闲暇日子里，种种庄稼，晒晒火药和引线，就当是充实业余生活了，所以相对于吃死人饭的其他行当，炮手的从业人数一直就是相当少的。

锣鼓

相对于放炮，人们对锣鼓队的认可度和重视程度是很高的了。办丧事，主人家请到屋头的第一队锣鼓，被称为坐堂锣鼓，要求技术好、质量高。主人家有重要客人来了，坐堂锣鼓都是要专门打鼓迎接的。特别是至亲来坐夜的时候，也会带来锣鼓，按规矩坐堂锣鼓要出门迎接。至亲来坐夜，还没到屋，哭声先响起。那时候哭是必需的，特别是嫁出去的女儿，父母去世回到娘家，如果不哭，会给人留下不孝顺的印象。如果哭声响亮、哭声中念叨回忆父母的好处又多，人们就觉得哭得真切，会竖起大拇指。

这个时候，坐堂锣鼓和客人带来的锣鼓，都敲得更带劲了。仿佛不配合着哭丧人的热情，锣鼓队就不够专业，也不够人情味。

客人带来的锣鼓越多，坐堂锣鼓就越轻松。一人敲一阵，轮流上阵，肯定都轻松嘛。但也有两三队锣鼓相互斗气的情况，要么素不相识但又互不服气，或者平常就有过节借题发挥，这样的话，就热闹了，两三队锣鼓较上劲，都拿出看家本领，吹个天昏地黑谁也不停歇，守夜的就有热闹好看了。热闹是热闹了，气氛却总是不对头，张扬跋扈的感觉，逝者怎么安宁呢。

这时候，就该知客师出面调停了。知客师堆了笑脸一人发一包烟，或者一桌拿一个大红包，说了一通好话，又让厨房热几个硬菜，气氛总算正常了。结束斗气的同行简单自我介绍后，该交谈的交谈，该说笑的说笑，好像什么都没发生过。后半夜，看似严肃古板的锣鼓匠们，还会拿唢呐吹出一些花絮一般的抒情曲，比如《十五的月亮》《妈妈的吻》等，让劳累不堪的人们都缓一口气，也像是在刚才制造出紧张气氛后，对逝者的一个交代。

乐队

随着娱乐活动的丰富和升级，丧事活动也早就引入了现代元素。不知从哪一年起，乐队表演成了乡村丧事活动的主力军。

乐队的价格在 1000～3000 元，通常都是 5～8 人。这些人个个都是通用型人才，键盘、舞蹈、唱歌、魔术、杂技、小品，样样在行。

但任他们表演得再热闹，我对丧事中的乐队是谈不上喜欢的。我的不喜欢，是从拖长声气让人浑身起鸡皮疙瘩，甚至让人背部作麻假得不能再假的干瘪瘪的职业哭丧开始的。他们到哪里都是千篇一律，除了换个死者的名字和年龄，好像谁都慈祥，谁都勤劳善良，谁都品格高尚。

人死为大是不假，但嘶声竭力的哭丧作秀，却是在要到主人家的红包后戛然而止的，这就很不应该了。

乐队的水平参差不齐，当然高水准、专业的乐队肯定也有，价格高些而已，人的素养也明显高出不少，将那些一张嘴就不知道把调调跑到什么地方去了全靠插科打诨耍嘴皮子的强多了。

锣鼓队后半夜会用唢呐吹抒情小调是美好的，但乐队到后半场，本不年轻却性感无限敢脱敢当的女子们，在众目睽睽之下跳起不雅舞蹈来，那真是过分了。美其名曰让主人家忘掉悲伤和烦恼，早日步入新生活，岂不笑掉大牙？

想想乐队的嘈杂和嬉闹，倒不如灵堂清静，杳无杂音让逝者更安详呢。否则，遇到性子烈的老人家，是不是会活过来跳起来给那些聒噪者一记响亮的耳光呢？

远去的村小

经常在外面遇到农坝的同乡，说到本地山山水水和风俗习惯，就越谈越投机，继而问起小时候在哪里读书，老师是哪些，居然一个都对不上来。是年代不对，班级不同吗？他们大多在镇上读的"完小"，我在偏远得他们从没听说过的闵家坪读的红梁村小，怎么能对得上号呢？

他们细聊着儿时的读书趣事，时而大笑，时而打闹，不住地产生共鸣，留我在一旁陪着傻笑。我虽略显尴尬，但从不自卑，我从不嫌弃我的村小，就像我从没嫌弃过我的乡村生活一样。

一

红梁村小学成立于中华人民共和国成立初期，校园所在地视野开阔、交通便捷，属于闵家坪最平坦的中心地带。那时候每个村都有自己的村级小学，少则三两个班，多则十二三个班，在生源最旺盛的高峰期，曾经像中心小学一样，每个年级还分出几个班来。

早期红梁小学因教学质量过硬、出入又方便，深得周边居民信赖，其他村的学生很多都到我们这里来上学，把学校挤得满满当当的。特别是教过我父辈的刘学易等老师在的时候，为学校师资底蕴打下了良好基础。刘学易后来到农坝中心小学当了教导主任，应该算是对他教学能力的一种认可或者是嘉奖吧。

在我刚上小学的时候，一至六年级一个不缺，校园氛围极好，老师也管教得严，虽然学校没有大门，属于"打敞放"式的，但下课了谁也不敢私自跑到校园外去，有胆大好事者悄悄溜出去后，让老师发现，回来必定吃一顿"竹笋炒肉"。

校园在梯子的分隔下，分为上、下两个区域，梯子上面有个宽阔的舞台形的平坝，虽然没有硬化，但由于师生常年在此活动，地面早已光滑平整，一颗石子、一个纸团都会尽收眼底。

虽然那时候人们普遍贫穷，在谁也没住上砖房的年代，村小都已经是砖混结构的了。村小的房梁极高，起码比正常的住家房屋高了三分之一。学生坐在高大敞亮的教室里读书，显得更加踏实、带劲。村小虽然后来纳入了由县教育主管部门统一管理的国家固定资产，但在修建的时候，村民不但慷慨让出土地，修建校舍所需资金也是按人头出资的，不少村民在出钱的基础上，还出工出力。在经济条件普遍较差，甚至饭都吃不饱的年代，这样的投入可以说是下了血本。村民对于教育的重视程度，可以说是空前的，他们普遍不识字，为此吃尽苦头，把希望全寄托在后辈身上。

"舞台"两边都是梯子，方便学生到下方的操场活动。舞台上下方各有三间教室，上面的都是高年级，从左到右，分别是六年级、五年级、四年级，下边的，分别是三、二、一年级。上下的三、四年级的教室用隔墙转成了一个直角，外面没有围墙、没有大门的校舍，成了一个放大的三角板。

梯子仿佛一道天然屏障，不知道是不是年龄悬殊较大，上、下三个年级的学生基本都是各耍各的，下面低年级的学生，如果不是有事，要到上面找年级更大的哥哥姐姐或者叔叔舅舅之类人高马大的高年级学生，一般是不会、也不敢到上面的"舞台"上玩耍的。但因为下方是大操场，是玩耍的主战场，高年级学生到下面玩耍，就是天经地义的了，再加上同样要到低年级找弟弟妹妹或者邻家小辈，往来就更加频繁。

在 80 年代，学生入学年龄普遍较大，我上一年级的时候是 7 岁，最初入学尚懵懵懂懂没什么意识，读到三年级了，猛一抬头，才发现很多同学比我高出了一个脑壳，比六年级的学生还大。本以为是我家生活差，长在了后面，细问才知道他们本来就比我们大了好几岁。比如宋国兰、付关明，起码比我们大了五六岁。更甚者，在我们小学还没毕业的时候，就已经回去结婚了。虽然那个年代结婚早不算稀奇，但直接发生在我们同学中间，仍然觉得不可思议。

二

舞台并不是真正的舞台，仅仅就是站在高处的一块平坝。但就因其"高"的突出特征，就从学校的私密空间，变成了全村大小活动的公用场所。

首先是村里的集中办公场所。平常一般小事，村干部下队处理事情都是在队长家落脚，相对于充满泥垢和叶子烟味的村民，村干部穿着的四个兜的衣服干净整洁，让人很是敬畏。但不知道什么原因，我小时候对村干部的敬，却是敬而远之的敬，畏是心生畏惧的畏，看到村干部来了，就会情不自禁地找地方躲起来。

有了诸如党员集体活动、纠纷调解、案件协处等重要事项，村干部都要到村小进行现场集中办公。特别是遇到被列为第一要事的选举大会，则更会热闹非凡。这个在全国各地都有共同点的活动，我不多作赘述。但其中一个花絮，却不得不提起。每逢选举大会，有一个外号"艳寡子"

的"钉子户"都会出现。"艳寡子"听起来女性味十足，实际上是一个四十不到的男人，他家生了三个女儿，每个女儿都有残疾，不是手就是脚，让人很是恼火。偏偏他不知道怎么抓住了村支书的某个漏洞，而这个作为村里一把手的干部又连续任职，怎么告都不倒台。所以每到选举，前半时看似正常不过，一到填票或者唱票的关键时刻，"艳寡子"都穿着奇形怪状的衣服，拿着不知从哪里搞来的一个半导体"闪亮登场"了，一边向大家诉说着自己的不幸，一边公然反对着村里的投票方式和选举结果，让镇里负责现场督导的驻队干部头疼不已。

本已平淡无奇的选举大会，让"艳寡子"这一闹，让不少村民精神又重振起来。到后来，村民对选谁失去了期待，却对"艳寡子"是否出场充满了好奇。

再就是露天电影。那时候娱乐活动极度缺乏。有钱人家做红白喜事，都请人放录像，但这毕竟是很少的，每个月放一次电影的机会，谁会错过呢。连大人都这样迫不及待，我们这些小孩子听到放电影的消息就更是寝食难安了。放映队一般都是下午挨近傍晚的时候来，到达学校"舞台"，先调试设备，拿出留声机，将幕布布置到正对舞台的墙面上后，放点暖场音乐，以提示村民，一会要放电影了，你们提前做好准备哦！音乐一响，我们哪里听得啊，早就心痒痒的，这一提示，马上放下手中的饭碗，嘴巴都来不及擦一下，逃命一样往学校跑，生怕落到谁的后面。

其实这会离正式放映还早得很呢。我们才不管，在放映机前挤进挤出，生怕这些人反悔，突然将机器又拉走了。再回头看台下，已黑压压密麻麻挤满了人。从下午五点多进场，磨蹭到晚上七点过了，电影才正式开演，确实将我们的胃口吊到了极致。

真正开演了，我们却没记住具体演了什么，现在仅能记住片名的，一个是《母老虎上轿》，另一个是《少林寺》。《母老虎上轿》名字有特色，情节是一点都回忆不起来了。《少林寺》的情节家喻户晓，当时根本就是为了凑热闹，谁在乎演些什么呢？

看电影最怕中途出意外。如果停电或者机器出故障演到一半停摆，时间又还早，不晓得有多折磨人了。大家焦急地向舞台张望，性子急的蹿到前台，非要等放映师傅确认"不得行了""只有等下个月了"，甚至放映师傅收拾家伙撤了幕布打了包才死心，大家垂头丧气地打着手电、舞着火把分头返回或远或近的家里。走到路上，情绪重新回到正常，会聊起刚才看到一半的片子，即使什么都没看明白，凑了热闹，又遇到这样多的熟人，也算是没有白跑一趟。

放电影都是在假期或者周末进行。因为不用上课，第二天上午，我们到学校玩耍的时候，舞台和宽大的操场仍然残留着这样那样的垃圾和杂物，我们还在留恋着昨夜的热闹场面，拿着根棍子在舞台上嬉戏打斗，模仿着《少林寺》里的武打动作。很长一段时间，舞台上都有我们的身影，练武成了我们最大的爱好。我们甚至都商量着要去"少年寺"，但"少年寺"究竟在什么地方，从哪里走，我们一无所知。

三

村小的课程很简单，除语文、数学两门正课外，其他诸如思想品德、自然、美术、等辅助课程，基本都是耍。只不过陪着耍的人，从自己的班主任老师，换成了略带新鲜劲的其他班上的老师而已。

其他班上的副科都是老师之间调换着上，我们班上倒简单了，直接不上。我们的班主任老师叫张吉林，老家是富家坝的，他是我们学校个子最高的一个老师，有一米八左右吧。给我们启蒙的时候，已经五十二岁了。张老师是非常严肃认真的一个人，我们都很怕他。并且还要一年四季上着语文数学，天天面对着，现在想来该是多么崩溃。更崩溃的，是他的留学和竹教鞭。留学是家常便饭的事，背不到或者读不顺的语文课文、数学的加法表和乘法表都得留学，他这留学是真心实意的留，绝无简单吓唬了事之意。这可苦了远些的同学，久而久之，家长除了痛骂自己孩子不争气，就只有等农活做完了打着火把在教室外等候。对于成绩差、脸皮又厚的学生，时间早晚不是问题，关键是张老师的留学，都是配着那根宽大的竹教鞭的。

张老师嘴里有两颗"金牙"，平常不显山露水，但是只要被留者伸出手板，他和竹教鞭一较上劲，那两颗金牙就会闪闪发光了。我还清楚地记得一个姓高的女同学在读某篇课文，因为没用心、不熟练，读到"做架设友谊桥梁的工程师"起头的一段时，硬是成了一道跨不过去的坎，非要断断续续地念成"做架……设友谊……谊桥……"，结巴的次数和程度，急得我喉头哽撑哽撑的，好像卡住了一大坨腌菜。虽然是早上才学的课文，但我早就能背诵下来了，她怎么读出来都这样为难呢。

上到五年级，张老师家从不到半个小时脚程的富家坝老家，搬到至少需要一个半小时才能到的场镇头头上去了。这样一来，已经五十多岁的张老师，只有住校了。梯子上面的六年级，因为毕业人去楼空，老师也调走了，张老师就在这间闲置的教室住下了，里面摆了一张床和一些简单的家用品。空闲的时候，我们会到学校去玩耍，顺便看看张老师，看他是怎么做饭的，甚至还会帮他提一桶水，或者是到学校后面的一小块菜地里扯点葱蒜。但这些，并不影响第二天张老师金牙的显露，留学的时长以及挨打的质量和数量一点都不会打折扣。

老师如此严肃认真，我们那时候交的学费并不贵。我们这里，村里的孩子都没有上过幼儿园，也没有幼儿园的概念。我记得 1990 年，我上小学一年级时，第一学期学费是十九元，第二学期是二十元。读到四年级时，也不过四五十元。因为家里穷，靠庄稼维持一家人的吃喝开支，交学费就难上加难了。按照规矩，每学期开学了都是先交学费，学费交了才发新书。假期，我早早就盼望着开学，可一开学，又被张老师垂头丧气地喊回家里催学费了。一天没要到、两天没要到，眼看着能想着办法的同学，都想法找来钱，高高兴兴地背着新书回家了。

张老师说不给学费就不发新书，哪天找到学费哪天发书，课文也先上着走了。我急得如热锅上的蚂蚁，可怜的父母也很焦急，可我不忍心再逼他们，还不到季节，苞谷未得卖、豆子也没成熟，他们一时到哪里去找那样多钱呢？

拖到第四天，我再也没有心思去上学了，只剩下几个家庭条件最差的"老油条"，张老师不赶我们、不冷落我们，我们也觉得羞愧。那天早上，母亲却让我早点去，我心想，我根本就不想去，哪还有心情早点去呢？况且这时候天都没怎么亮明白。母亲急了，拿扫帚要赶我，声音也跟着大了起来："让你早点去，你就早点去嘛！"

我极不情愿地到了学校，因为我家离学校最近，人又最老实，张老师平常让我管钥匙，每天负责开门和锁门。我拿出钥匙，正要开锁，发现门虚掩着，已经开了。

天色尚早，其他同学一个都没来。我刚坐到座位上，张老师就来了。我不敢看他的眼睛，头放得低低的，额头差点就触到课桌上了。

我以为张老师又要催我、奚落我，却见他从怀里掏出厚厚的一大包东西来，示意我赶紧接过去，还转身朝四周望了望，又回到他的房间里去了。

我打开一看，都是崭新的书本，语文、数学、思想品德、自然等，还有两个作业本和一支削好的铅笔！

我顿时心一热，眼睛眨动的频率加快，一些润湿的东西在眼眶里快速转动着。我第一反应，母亲肯定是昨天从哪里找到学费钱了。但她为什么不直接告诉我，还要我这样早来，张老师为什么又这样早出现，单独给我把书送过来，而不是当着全班同学的面发书呢？即使发书没什么疑问，那他怎么还给了我两个本子一支笔呢？

那天中午放学后，我回到家里，高高兴兴的，母亲也很高兴，我说妈我今天发书了。妈说我知道。我又说，你到哪里借的钱。妈这下不回答了，说发了是好事，发了就认真学习啊。

她答非所问，在我的再三追问下，妈才告诉我，昨天下午我放学后她去找张老师了。张老师姓张，我妈也姓张，去的时候妈带了一截端午节都舍不得吃的腊肉和一双崭新的鞋垫子。

结果张老师什么都没要，两人见面互相一论辈分，才发现不但辈分没乱，妈妈的祖祖和张老师的爷爷辈还颇有渊源。后来妈就认了个叔叔。张老师叹了口气说："你们也难，让娃娃明天早上早点来吧，我单独找他一下。"

张老师在村小的闲置房间里，只住了两年，读完五年级，本该上六年级了，却传来张老师不教我们的消息。我们突然就蒙了。那些爱调皮捣蛋成绩又差的同学欢呼雀跃，一下子过上了不用留学不用挨打的幸福生活，我也跟着乐了一阵子，乐后我的心里空荡荡的，好像缺了点什么。

后来才知道，其实五年级上学期还没开学，张老师就已经接到通知，要把他调到镇上的完小去了，是他主动申请留下来把五年级教完的，我们也才明白为什么要把家搬到镇上去。他从来没告诉我们，是怕影响我们的学习情绪，现在想来，张老师把我们教到五年级，已经快五十八岁了，明明家里有老婆孩子，却还要在这过着清苦的单身汉生活。

张老师调到完小后，没再任主课。把优秀的即将退休的村小教师调到完小，算是这里一惯性的照顾政策。

多年以后，我曾在张老师离农坝小学不远的家里看望过他一次，他早已退休了，似乎还是那样高，背也不显驼。我又看到了他那曾让我们闻之胆寒的"金牙齿"和执竹制教鞭的瘦削有力的大手。但他的金牙已经没有了那闪闪的寒光，投射出的是脉脉的温情，他的手更加瘦削，青筋四起，很难想象他执竹教鞭时哪来那样大的力气。

我们没作多少深入交谈，也没有想象的阔别多年的亲热和伤感，张老师只说了句那时候都难啊。

我才知道他是自己先垫钱给学生订的课本,老婆没有工作,他还有两个儿子、一个女儿要养,两个儿子都已长成二十来岁的小伙子,正处在用钱的高峰期,女儿因身体缺陷,自己动一步都很难。

张老师,已经作古多年严厉得近乎无人情的张老师!每当人们谈到老师的时候,我都会想起他,想起只忙着上语文、数学,不会上思想品德、音乐、美术等"副科"的张老师。想起他高高的个子和不苟言笑冷酷的面容,但每次想起,手板心和后背都还会发凉,内心却温热无比。

四

张老师调走后,学校没有了六年级,条件又不允许到其他地方上学,更不可能到镇上的中心校上学,刚好比我们矮一级的曹老师的班级到五年级了,无奈之下,我不得不降一级,又上了一次五年级。原本比我们低一个年级的弟弟妹妹们,和我们一样平起平坐了,让我内心很不自然。因此,每当有人问起我上几年级了,我都不愿说出。即使有知道的替我回答了,我都会及时补上一句,我们张老师调走了,不是我想降级。言外之意,我是迫不得已的,我仍是该上六年级学生的水平。

曹老师比张老师年轻了十来岁,我插到他班上的时候,他正值壮年。张老师走后,就只剩四个年级了。四个教室虽然都还坐着学生,但流失极大,要么转到其他学校,要么回家务农,要么出门打工去了。转进来走出去的学生都多,质量也大不如从前了。

低年级的影响倒不大,作为本校最高年级的班级,曹老师班上本来只剩二十来个学生了,从张老师班上转过来部分学生,又从附近的幸福村、罗全村等地转进六七个学生后,空落落的教室顿时充盈起来。

人数倒是充盈起来了,但质量真不好意思说了。不少学生都是六年级降下来的,其中有一个据说还到初中上了一学期。成绩差就算了,偏偏习惯差，随意性太强。作业完全不做，上学天天迟到，老师要骂他吧，他和老师横眉瞪眼，底气比老师还足。

我在张老师的班级里，不管成绩如何，至少学习习惯是好的，纪律性是极强的，突然的松懈，让我非常惊讶。我曾极力保持着自己的镇静，但仍然未能逃脱被"同化"的深渊。五年级上学期还没上完，我也和那些"老油子"们打成了一片。我主动坐到最后一排，以方便随时能够下座位，溜到外面庄稼地里或者学校旁的小山包上玩。中午，我们或用课桌拼成乒乓球台打球，或到河沟里洗澡，或到草丛里找蛇，心思都在读书之外。现在想来，真是胆大至极，曾有好几次，我和同伴追赶乌梢蛇，蛇钻进石洞里了，我还将手指伸进里面去抠，蛇被捉住了，我们就扯住它的尾巴用力一舞，像舞一截烂麻绳。还有一次中午，我们到河沟洗澡，一潭深水是从上游的"龙洞水"截来的，冰冷浸骨。我们刚下去不久，就被高炉坪一个游手好闲的"二杆子"拦在里面了。"二杆子"非说这潭水是他家关了灌溉秧田的，任我们好话说尽也不让上来。虽然是热天，我们在泉水潭里仍然冷得像打摆子一样。直到曹老师知道了，将我们领回学校。曹老师人很好，从不打人，这次把我们领回去后，也没有惩罚我们，重话都没有说我们一句，我们自己羞愧不已，回去后还被家长狠狠收拾了一顿。

到六年级上学期了，曹老师家修新房子，忙着买材料、管现场、催工期，所有的教学任务就落到了他儿子晓军身上。晓军当时年纪比我们大不了几岁，也不知道初中毕业没毕业，反正他和学生们，尤其是那几个"老油子"很合得来，成了这一干人的铁杆头目，"老油子"们分烟给他抽，晓军高兴的时候，也把"红梅""名犬"之类更高级一些的好烟分享出来。明地里，课堂上安静多了，给晓军面子，上课期间跑的人也少了，但谁也不用认真听课和做作业了，很多人还把这当成福利和享受，对那几个"老油子"心存感激。特别是早上背书的时候，态度好点的磕磕巴巴，虽然随时卡壳，尚能基本完成。偷奸耍滑的，则让挨着讲台的同学将课本翻开，勉强读完了事。

听背书人没声音了，晓军在吞云吐雾中问："背完了？"

"背完了！"

晓军也不细看，统统一个大红色的"背"字写到了课文的标题处，学生蹦蹦跳跳满意而归。课堂上，晓军几乎不用亲自上课，不知道他从哪里找来一本相当厚实的"小学实用数学题典"，上面都是我们从来没有见过的高深题目，晓军让一个曾经上过六年级的学生天天往黑板上抄。最开始我们以为抄完了，会一道一道地讲解。但很多天过去了，仍然是老调，我们一个新数学本都抄了一大半了，晓军连一道题都没有给我们讲，我们也懒得再抄题，数学课堂彻底沦陷。上到六年级下学期，学生又只剩下二十来人了，很多人临毕业前出门打工去了，我好歹混到毕业，成功拿到了小学毕业证，还作为班上唯一的幸运儿，考上了初中。

五

到曹老师班上后，学生构成复杂了，老师也少了，课程反而活起来了。原本一个人担任的语文、数学课，改成了两个班的老师交换上课。我们四五年级的数学课由曹老师上，语文课由谭老师上。

可能我偏科或者对语文更偏爱的缘故，我的语文成绩一直很不错，即使在曹老师班上，那样"恶劣"的环境，我仍然能做到新课文当日即读即背。所写的作文，几乎每篇都能被谭老师作为范文在全班念。在满意之处，谭老师都用红笔画了线，还加上几句表扬性的评语，让我很受鼓舞。多年后，我的作文一直都处于班级的前列，这和在红梁小学打下的厚实底子，应该有很大的关系。

谭老师语文教得好，却有个爱喝酒的毛病，喝了又会脸红。有一次，他中午出去走人户，下午第一节课是他上，我们在教室等啊等啊，直到快下课了，他才歪歪倒倒地走进教室来。我们知道谭老师喜欢喝酒，但上"醉课"还是第一次。我真担心他是怎么走过那一段段细长的田坎，蹚过石板路搭成的小溪的。

走进教室，谭老师照例先把同学们扫视了一遍。大家反而都坐得规规矩矩的（语文课堂纪律一直都还过得去）。谭老师突然用手指了指我："你，去，把我叶子烟拿来！"我不敢怠慢，迅速站了起来，弱弱地问："谭老师，叶子烟在哪里啊？"

"就在桌上，挨着酒瓶子放的！"我才知道他是喝醉了酒，走人户忘记带回来了。教室里哄堂大笑，谭老师也笑了。他咧出一嘴黑黄黑黄的牙齿，有些不好意思地说："中午整多了点，嘿……嘿……"脸上红彤彤的，很是可爱。

我们居然也上音乐课了。我们的音乐启蒙老师苏老师，是个年轻的女老师。但她这堂课只上了个开头。准确地说，仅仅在黑板上写下了一段数字。在写之前，她很专业地说："今天，我们学点音乐基本知识！"

说完，她在黑板上郑重其事地写下了"1 2 3 4 5 6 7 8"几个数字，写完认真看了一遍，又在"8"的顶上，打了一个重重的小圆点，歪着头再看了一遍，算是满意了。回过头来，正要继续往下讲，家里喊她回去给娃娃喂奶，她让我们等着，一路小跑回去了。

苏老师的家离学校其实不过五分钟的时间，但我们等到下课的哨声都响了，她也没有回来。谭老师刚好过来拿东西，看见黑板上的数字，先是一愣，随即拿起黑板擦，将苏老师最为满意的带黑点的"8"擦掉了。

苏老师娃娃小，孩子哭闹，她就经常回去喂奶，只有她才哄得住。后来干脆就把音乐课这一节拜托给谭老师了。这样算来，虽然是苏老师开的头，其实最终是谭老师给我们启的蒙。至少我觉得是。

谭老师上音乐课，从不占用我们的时间去上语文课，这点我们倒是都很感激。真上了课，我们才知道谭老师这样一个看起来粗犷无比的二老男人，竟然如此多才多艺！除了嗓子像黄牛一样难听点外，他的音准度极高，除了教我们唱《莫愁》《歌唱二小放牛郎》《送别》等歌曲外，吹笛子、拉二胡，样样在行，甚至连每天用于做课间信号的哨子，在音乐课上也被他吹得有板有眼。不光音乐课上得好，谭老师还让我们学写毛笔字，我们的字从抖抖索索到干净利落，到一个一个被圈上了墨圈圈，我们又找到了某种学习乐趣，对语文课也更加喜欢了。

八月瓜

入秋，我们这个偏远的库区小城，很多农贸市场都在卖八月瓜，朋友圈很多人都在晒八月瓜，还有的人配出了吃瓜心得。有的说应当煮来吃，有的说应该凉拌，还有的说炖骨头最来劲。当然这些都是调侃之语。

小时候，我并不爱吃八月瓜，但它却给我留下了深刻的印象。现在，市面上最贵的时候居然卖到二十块钱一斤！我终于禁不住鼓动，也去买了几个来尝尝。在一个农贸市场里，一个六十多岁的大娘，好说歹说，五个给了十元钱。买来一尝，说不出的味，有点香蕉的甜，但更多的，是涩味和八月瓜籽的沙味。

一个都没吃完，我大呼上当，我就说这个不是用来吃的嘛！

八月瓜因其在八月成熟，又名八月，又因为外形像香蕉，又名野香蕉，中药名称"预知子"。实际上，以我们的经验，八月瓜真正成熟，应该是在农历九月份，甚至十月都到了，偶尔还能看到搭在树上的八月瓜藤上挂着的果子。"八月瓜，九月喳（张开），细娃吃了会说话，大人吃了会种庄稼；姑娘吃了会扎花，媳妇吃了会生娃娃……"

在乡村，一切事物都被赋予美好的象征，小娃娃吃了八月瓜，是不是嘴巴更会说，大人吃了是不是更勤劳，种庄稼的本领会更高自然没人太多注意，但后半句就容易引起人们的注意了。姑娘吃了会扎花，在早些年的乡村，针线活是女娃娃的必修课，都要学会扎袜底、纳鞋底、打毛线，所以当母亲的都乐意让自家女儿多吃八月瓜，如此神药，又不花钱，多好的事啊！特别是再大些，嫁了人以后还会帮助生娃娃，就更不得了。

所以，漫山遍野的八月瓜都被女娃吃了。男娃是不吃八月瓜的。有大些的懂事的男娃子，悄悄给自己的姐姐或妹妹寻找八月瓜吃，也有青年男子常常上山给自家媳妇找八月瓜吃。

那些年轻的母亲，一到下雨天或是农闲季节，一起扎堆聊天时，多半会问，你家娃娃吃了八月瓜，吃了几个了，那神秘劲，仿佛女子明天就要出嫁，后天就要生娃。

调皮好事的男娃子，遇到女娃，经常不喊她们的名字，而喊她们为八月瓜。但这多半都是在男娃扎堆，女娃落单，或者双方人数相当的时候，大声喊着"八月瓜，八月瓜！"往往让女子红着脸愠怒不已。柔弱些的会夺路而逃，性格刚强的，肯定会跟男娃子干一架。因为她们也知道了吃八月瓜的含义，要么预示着嫁人，要么预示着生娃。有些事情，大家都知道会是那样，但就是不容你说出来。所以女娃子明地里也拒绝吃八月瓜。

一般来说，村里人吃八月瓜，都是十几岁，到了二十一二岁就不会吃了，因为该结婚结婚，该生娃生娃了。但有一家人，坚持吃到三十七八岁了，还在吃。就是家在堰塘边的萍嫂子。萍嫂子可以说模样是我们村庄里最耐看的一个，长头发，瓜子脸，身条匀称，笑起来还有两个酒窝窝。不知怎么的，她就是不生娃。丈夫春林哥早年曾在煤窑干活，钱是挣了不少，但也落下个煤肺病，下不了重力。萍嫂子和春林哥到县里大医院看了，到省里医院也看了，结论都是萍嫂子没问题，春林哥精子数量不足质量不够高。药也吃了，总不见效。萍嫂子就吃八月瓜，好歹死马当活马医。不但萍嫂子吃，她让春林哥也吃。

虽然大家都知道他们在吃这个，但谁也不点破。邻居们也有了个不成文的约定，谁也不在他们面前提娃娃的事。不提孩子听话不听话，不说孩子成绩好坏，不抱怨说净是丫头没有生上儿子。

每当看到别人家的小娃娃三五成群扎堆打闹的时候，萍嫂子都羡慕不已。即使是别人家的娃娃打架，打得皮破脸肿、哭得死去活来，她都觉得是幸福的。但科学就是科学，条件在这摆着，能有什么办法呢？后来萍嫂子和春林哥终于没能怀上孩子，到了四十岁左右，他们也就彻底死了心，不再吃八月瓜了。吃是不吃了，春林哥偶尔还是会到山上转转，拿回几个，但萍嫂子一看到八月瓜就反胃，活像真的怀上了闷油一样。

如今，山里早已草密树茂，要真正摘到八月瓜确实不易。吃起来味道怪怪的，仍然觉得它只适合玩耍。除了野生八月瓜，早就有人大规模人工种植了。但我仍然觉得野生的才够味，虽然我并不喜欢吃。春林哥由于年轻时身体没能打下个好底子，早已去世。萍嫂子也已年近花甲，身体硬朗，面色红润。但每当看到八月瓜，我都会想起这一对诚实苦命的吃瓜夫妻，我都会想起儿时那几句歌谣：八月瓜，九月喳，细娃吃了会说话，大人吃了会种庄稼；姑娘吃了会扎花，媳妇吃了会生娃娃……

牛奶子

小时候没有零食吃，水果极少。即使有，也等不到成熟，早就被一抢而空了。但这并不影响小孩子的嘴馋的程度。怎么办？小孩子只有自己到野外找吃的，还好一年四季基本都有，春季有牛奶子、桑葚，夏季有地瓜，秋季有野梨、八月瓜，即使是在大雪封山的冷飕飕的冬天，还能找到红枣（也有地方称红姑娘）吃。打过霜的红枣尤其甜和脆，一点都不生涩。

可能你会问，野外这些吃的东西不会中毒吗？放心，这些吃食基本都是这样一代代吃下去的，并没有谁为此吃出大问题。野地里吃食很多，但给我印象最深的，应该是牛奶子了。它的名字特别俗气，其外形和牛的奶子真的一模一样。青的未成熟的时候极其酸涩，熟透以后，就成了红色，犹如过年喜庆的灯笼。

我们叫奶子，不管是大人还是小孩，并没有谁感觉难为情。谁谁谁，走哦我们今天去找牛奶子吃哦！不管是大姑娘还是小媳妇，只要是那天刚好有空上山放牛或是到地里干活，抽闲暇总会摘了吃上几颗。大人吃野外的天然零食，是碰到哪就吃到哪，自己吃上几颗，更重要的是摘上桐子叶或者桑叶，什么都没有，就会用草帽或者衣兜给孩子带回去吃，从来没有吃独食的习惯。

小孩子则不同，哪里有好吃的，都是早就了然于心，记得溜熟。估摸着野果子该成熟了，总是去得比谁都早，生怕让人抢了先。约上几个信得过的小伙伴，开开心心地前往，却发现总是晚了一步，早就让人捷足先登。要么只剩下叶子，要么只剩下不能吃的废果子、涩果子。即使没有小伙伴抢先，也会有鸟儿或者其他什么动物抢了先。所以，能真正吃到好货，绝非易事。

但我这个牛奶子树的资源是秘密的，一般人都发现不了。它长在我们后山挨着竹林的山坡上。穿过竹林，再钻过一片杂草丛生的荆棘丛，就到了。每到牛奶子成熟的季节，这一棵长满刺丁的树藤子，都能带给我惊喜和满足。

估算牛奶子成熟，我有我独特的方法，那就是父亲的生日前后。父亲是农历二月初八的生日。他的生日一到，牛奶子就成熟了。那时候，农村都有做生日的习俗，即便不是六十、八十这样的整生，散生也会有最知己的几个近亲来的。一般都是一家人的当家人做，比如我家就是爸爸做生日，妈妈不做。

前一天晚上来吃晚饭，第二天中午客人离开，都是我最欢喜的日子，不但可以吃上好吃的，还能和亲戚们见上面。我说的亲戚，都是指小孩子，表哥表弟表姐表妹这些的，通常舅舅姨娘之类的大人，都不在我们接待的范围，也不会同我们耍到一起。所以小伙伴们一来，我就带他们到后面山间地头耍，他们虽说也算是农村，但他们住在离街很近的地方，赶场走路只要十来分钟，所以到我们这标准的乡下来，都格外兴奋。但我感觉，他们更多的兴奋，并不是对于农村的新鲜，因为他们家后面也有山，家里也种了庄稼的，更多的是见到小伙伴的兴奋。平常都是和自己家里的兄弟姐妹交流，我们这些离得远，见到一次都有说不完的话，哪有不高兴的呢。

带他们耍，摘牛奶子吃就是我的保留节目了。我们叫牛奶子，其他地方也有叫剪子果、甜枣、麦粒子的，摘一颗酸甜酸甜的牛奶子放进嘴里，顿时感觉什么都可以忘记了。看到他们吃得高兴，我就放心了，好像我一年以来认真学习认真干活的努力都没有白费。

到了十三四岁的时候，我仍然十分努力地守护着包括牛奶子在内的野果子，但我发现争吃的人越来越少了。爸爸生日快到了的时候，我却忽然听说今年客人不来了。我很惊奇，为什么呀？哪有为什么，不来了就是不来了呗。我觉得很失望，但很高兴的，还是来了一个人，那就是我的大姨爹。从他家里到我们这要走两个多小时的路。我记得很清楚，当时爸爸搓着手很高兴地说："不是说都不得来了嘛，看你这样远还来跑一趟，年年都是生，还做什么生哦！"

大姨爹话不多，说该来的该来的。他曾当过兵，满脸的络腮胡子，身材高大，肩膀宽阔，很壮实的一个汉子。他在火塘边坐下烤火，和大人拉家常。农历二月份虽然已经进入春季，但仍然觉得很冷，特别是萌动的春水搅和着尚未完全退去寒意的春风，让人不敢褪了厚衣服。大姨爹戴着一顶除去徽章的军帽，看起很温暖。他这一来，让家里顿时也温热起来。大姨、大姨爹是和爸妈感情最好的，我理解为他们都是很重感情的，也是亲戚中家庭条件稍微差些的，我家里应该是最差的。物以类聚，当然是有道理的。

大姨爹来，不光陪爸妈吃饭聊天，竟然还让我带着他出去耍，还吃了我那长得小灯笼一样熟透的牛奶子，边吃边赞口不绝："嗯，好吃，好吃！"大姨爹几句简单的夸赞，我觉得脸上很有光，牛奶子树真是给我争气了。

到后来，我才知道，好多亲戚都出去打工去了，小伙伴们也都陆续长大，上中学的上中学，外出的外出了，过年都没回来呢。

那时候，走人户做生日根本不像现在这样非要拿多少钱，随多少礼，人与人的感情都是最纯真最简单的。做生日互相走动一下，主要是交流、感情延续的需求，也都有这个需要。现在通信发达，人们交流再也不用见面了。我老家的那牛奶子树依然健在，长势旺盛，每年照样开花结果，结出的果子比我小时候个还大，还红润，但再也没有人去吃它了，显得孤零零的，让我很是过意不去。

马桑泡

马桑树属马桑科叶乔木，生长于我国西南部石山地区，其果实我们称为马桑泡，也被称为毒空木、马鞍子、水马桑、千年红、鸭食木、鸡瘟柴、醉鱼儿等。有些名字虽然好听，但终究是别处的，感觉遥远并虚无，远不如自己家乡的来得亲切，所以我仍然喜欢它最为本土的名字——马桑泡。

马桑树开的花为紫红色，像极了穿好的鞭炮或者猪油的边角油。果实成熟时由红色变紫黑色，红色时如紧密挨着的小灯笼，晶莹剔透，成熟了则像葡萄，非常漂亮，也非常诱人。

据相关资料介绍，这诱人的果实，是有毒性的，轻则引发头痛、头昏、胸闷、恶心、呕吐、腹痛等症状，重可致人死亡。而在我小的时候，身边是有人误食马桑泡中毒的。文字开头说的醉鱼儿，就和它的毒性有关。据说马桑泡的毒性主要在里面的籽上面，很久以前，人们把它磨碎了以后丢水里，鱼儿都可以被麻醉，这样捕鱼就十分方便了，所以在民间人们才把它称作"醉鱼儿"。同理，还可以将它磨碎制成土农药，对于农作物上的一些害虫也起到很好的效果。

看着漫山遍野水灵诱人的马桑泡，我们偶尔也偷吃几颗，将果子放在嘴里抿着汁吃，然后将渣吐出来，从不咀嚼。但即使这样，回到家也免不了招来一顿好打。虽说只有少量几颗，但嘴唇上乌黑色的汁水早将我出卖了。

要说严重的，还是我妹妹和燕子那次。那天傍晚，我放牛回家，刚到院坝里，就传来母亲大声的哭骂和妹妹的哀号。吓得我牛都没来得及拴，拖着软腿赶紧跑进屋里。妹妹手捂着肚子坐立不安，神志不清，问她话，要么直眼盯着你，要么胡乱答应着。挨在她旁边的燕子，则满地打滚，说是想吐也吐不出来。而她两人同样的特征，都是嘴角、舌头都呈乌黑色，一看就是马桑泡吃多了！

到家里来的人越来越多，纷纷出着主意。母亲这才停止打骂，找来平常喂鸡的小苏打给妹妹灌了几颗，妹妹吐了几次后，渐渐地恢复了正常。燕子则惨不忍睹，还没回到家，就被她爸爸从旁边的粪坑里舀来一瓢粪水，不管燕子同不同意，硬是往她嘴里猛灌了几大口，一阵接二连三的哇哇大吐，好歹也将燕子从鬼门关抢了回来。

从那以后，马桑泡成了我们的噩梦，再也不敢偷吃，就连看看也觉得危险。对于大人来说，我们悄悄谈论马桑泡，都让他们不放心，会用怀疑的眼光审视着你。

虽然马桑泡有毒，但它同时也有药用价值，马桑具有清热解毒、活血、祛风通络的功效，根、叶、皮也各有不同的功效。好歹参半吧，有毒无毒，并不影响我对马桑泡外表的喜好，尤其是开花后果实将成未成之际，像穿着的鞭炮，也像猪油的边油部分，看到它，一下子就将我拉回了童年。

伞把菇

在乡村，特别是在我们渝东北的乡村，书名和土著称谓对不上号的物品，不在少数。伞把菇就是其中之一。

我们把伞把菇称为"三把枯"，也有人称为山苞谷，都是根据读音来的。百度查询才知道，伞把菇有很多的别称："伞把菇，又名鸡枞菌 、鸡纵菌、鸡棕、鸡棕菌、三八菇、三大菇枞杠菌、鸡肉丝菇 、豆鸡菇、白蚁菰、白蚁伞、黄鸡枞、夏至菇、夏至菌、三堂菌。四大名菌之一，为食用珍品。"

不管别人怎么叫，我还是喜欢把这种伞一样形状的蘑菇称为三把枯。三把枯不择地，有时候长在苞谷地里，有时候长在菜园子里，有时候长在许久无人问津的大路边。特别是雨后，三把枯最容易长出来。那时候还不流行打工，到地里做各种农活的、放牛放羊的、捡拾柴火的，川流不息。不像现在这样，进山捡个菌，路都没有了，如果没有熟人的带领，根本就穿不进山林去。

三把枯似乎就爱和人较劲和捉迷藏，你专门到处找吧，反而还不容易找到，当你放松心态，一门心思背着猪草、牵着牛犊，或者什么也不干，慵懒地经过一段稀松散漫的泥巴路时，三把枯突然就出现了。先是一朵，四周一瞧，才发现有好几丛，然后又是一窝。真是让人受宠若惊。捡了三把枯后，再四处瞧瞧，看周围无人，放心了。下次，还会独自一人偷偷来碰运气呢！

捡了三把枯拿回家里，我们通常的做法都是煮面条吃。三把枯自带甘甜，味美至极。味精不用放了，菜叶不用放了，酱油醋这些调料都不用放了。若是面条里面事先煮了洋芋条子，再加上三把枯后，那味道会更鲜美。洋芋粉的黏稠和三把枯松软带丝的轻柔，一起对喉咙和味蕾进行齐头猛攻，没有不缴械投降的。一大锅面条，汤都喝得一口不剩。不论现在的什么牛肉面羊肉面杂酱面排骨面，也不论你面前摆放了几十上百种作料盒子，都远不如那一锅三把枯面来得实在、来得直接。

能和三把枯相遇，绝对是一种缘分，它不择地势、不挑人家，总是带给人最大的惊喜和美好的味觉享受。哦，三把枯，曾经带给我多少童年回忆的三把枯！我真想在最苦最累，最烦最闷的时候，回一趟老家，钻进苞谷林里，赤脚走到泥巴路边，和三把枯来一场美好的相遇。

夜观苗

　　小时候，在我们老家，谁家孩子出现发育滞缓、身体虚弱、消化不良等状况，都被人称为"走胎"。意思就是，小孩子精气神差，魂魄在本体安放不稳，有离开自己躯体奔走到其他地方的风险。够吓人了吧？

　　当然够吓人。那时候人们卫生健康意识普遍较差，用迷信思想和迷信方法解决事情的不在少数。复杂的，还要请人做法事。而我们老家普遍都是简单化处理，用一枚鸡蛋和一种被称为"夜观苗"的植物放在一起，用水煮熟后吃了，方可解除"走胎"。夜观苗是一种什么样的植物，我并没有查阅到相关资料，也不知道这种植物是不是就是这几个字，我完全是按小时候记忆的读音拼来的。但从字面上看，应该是很神奇的一种植物。古人不是有"夜观天象"的说法嘛。能在夜晚俯瞰人间的小树苗，当然就有了让人魂魄回归"正位"的神奇功效。

　　我不知道那些生病的小孩子吃了夜观苗是不是病症就消失了，或许有吃了其他药品，刚好又吃了这个鸡蛋，就缓解和好转了的。也或许这种夜观苗本身就有药用价值，谁说得清呢。

不管怎么说，夜观苗煮的鸡蛋，成了小时候独有的一份记忆。那时候再穷困的人家，只要孩子有"走胎"迹象，都舍得拿出一个鸡蛋，到山坡上找来几株夜观苗煮了让孩子吃。小朋友即使精神面貌再差，只要能吃上这枚消灾祛病的鸡蛋，当然是很高兴的，何况这个鸡蛋并没有药水的怪味。

到后来，哪家的孩子也想吃鸡蛋了，就对大人说"我生病了，我走胎了"，实际上是想说"我想吃鸡蛋了"。但那时候鸡蛋十分金贵，要卖钱或者孵小鸡用的，哪能轻易吃上呢？最主要的是，走不走胎生没生病，都是由大人说了算，或者邻里年岁较大的老人说了算。到现在，鸡蛋成了十分普通的生活物资，每当看到城里人们撵着哄着孩子吃鸡蛋，而孩子十分不情愿地吃下一个半个的时候，我就会常常想起夜观苗煮的鸡蛋，想起那些物资匮乏的日子，我就会更加地勤俭节约：生活不易，请多珍惜！

百年黄桷望刘帅

在重庆市开州区赵家街道（时为开县赵家场）一个叫张家坝的小地方，有一棵年逾百年仍然枝繁叶茂的老黄桷树，多年来一直掩映、守护着刘伯承元帅的故居，成了一处来开州的游人"非去不可"的红色旅游景点。

1892 年 12 月 4 日，这个名不见经传的小村庄，只因"啊……呀……"一声婴儿的啼哭，完成了其从平凡到伟大的华丽转身。

这个婴儿，就是后来为共和国屡建奇功、享誉全球的军神——刘伯承元帅。

从蹒跚学步、牙牙学语，到识文断字、初明事理，再到胸怀大志、投笔从戎，刘伯承在这个黄桷树掩映、杂草丛生、苍苔碧绿的农家小院里，度过了他一生中重要的十九年。

孩童都有玩耍的天性，儿时的刘伯承也不例外。1898 年，年仅 6 岁的刘伯承正在上私塾。为了让他能用功学习，每天放学，母亲总是抽出时间，守着他读书，直到背熟为止。一天，刘伯承贪玩心切，背书时前言不搭后语，乱背一气，企图蒙混过关，却被干活回来的父亲发现了。在父亲的责骂下，母亲才知道刘伯承在糊弄自己，于是捶胸大哭："老天爷啊，我小时候家穷念不起书，本指望后辈能成才，现在儿子也欺负我不识字，我还有什么指望啊……"

刘伯承后悔不迭，从此改掉了贪玩好耍的毛病，少时养成的良好的学习习惯伴随了他一生。

在故居，刘伯承当年读书用的桌椅、桐油灯和他就寝的床铺，仍然保持着原来的模样。睹物思人，仿佛只要天一黑、桐油灯一亮起，就会传出幼年刘伯承琅琅的读书声，慈祥的母亲站立一旁，拿着篾笆扇，为他驱蚊、擦汗、鼓劲。

1910年，刘伯承已成长为18岁的壮小伙，经历了科考被逐、借钱葬父、卖字度年等难关，又目睹了朝廷镇压民心所向的红灯教起义、老百姓惨遭屠戮，穷人吃不饱饭、自己的弟弟妹妹险些被饿死等社会现象，特别是他当巡警捉了罪犯，却发现官犯勾结，罪犯仍然逍遥法外的时候，他对清朝廷失望透顶，一气之下脱掉警服，辞掉了别人眼里这一"肥差"，立志要用实际行动救民于水火。

就在他苦苦思索出路的时候，传来了革命党在万县募兵和重庆陆军学堂招生的好消息。刘伯承大喜过望，当即通过黄桷古道，翻山越岭走过大垭口，义无反顾地到万县参加了学生军。后来投考重庆陆军学堂，在万县乘船时，大雾漫天，轮船无法起航，眼看着应考时间一天天临近，刘伯承毅然步行千里，终于成功应考并被顺利录取，从此走上戎马生涯。

1986年10月，这位纵横疆场、强我国防的传奇帅星黯然陨落。当年12月份，当他的骨灰抵达曾经迎接他出生、目送他踏上革命征程的那棵黄桷树下的时候，开县万人空巷，恸哭迎接这位离家70余载的赤子魂归故里。

斯人已逝，浩气长存。黄桷树作为开县的县树，已四方生根，传承不息。而刘伯承元帅故居张家坝的那一棵，已百岁有余，按人的年龄来算，已垂垂老矣，虽然全身已经沟壑纵横，但仍为故居和刘帅的家乡人遮风挡雨，每天直视着刘帅走出和归来的方向，傲然，立正！仿佛永远在传诵着刘伯承那两句坚定、有力的名言：

"勉作布尔什维克，必须永远与群众站在一起！"

"为人民立功，光荣得很！"

麻老虎

"麻老虎来啦！"三峡库区长大的娃儿，晚上只要听到大人说这个，必定是惊恐万状。在小孩子的印象中，"麻老虎"（后来知道实为隋朝酷吏麻祜）成了一切所惧怕凶恶或鬼怪之物的统称。这些"麻老虎"一定是身在暗处，青面獠牙，随时都要跑出来咬人的。鬼，则更是骇人听闻，特别是漆黑的深夜，听老人就着火塘绘声绘色地讲起鬼故事，真是又喜欢又害怕。这时候要是谁喊一声"鬼来了"，吓死人都不夸张。我们这些在"麻老虎"的威吓警醒和鬼故事的陪伴下成长起来的三峡娃儿，从小练就了胆子大、明事理、强体魄、善独立的本事，为长大后勇于投身各种事业奠定了坚实基础。在我的记忆中，曾有三个"麻老虎"的故事伴随着我的童年，一个真是老虎的故事，另外两个则属于鬼怪范畴。

吓死猛虎

据八爷讲，很多年前，我祖上住在闵家坪一个小地名叫鹞子岩的山脚下，山上一只吊睛白额大虎经常下山来"扫荡"，把整个村子搞得鸡犬不宁，人心惶惶的。

一天，乡亲们经过商量，决定每户拿出一点钱，把这虎害除了。于是就对外贴出榜文一张，大意是本村欲招打虎英雄一名，若除得此虎害，定当重谢云云。结果榜文贴出去很久了，还一点消息也没有。是啊，这里远远近近人们都是谈虎色变，巴不得躲远些，谁还敢逞这个能呢！

老虎照样来"扫荡"，而惶惶不可终日的人们早就遭不住了。

一天，村子里来了个蓬乱长发浓密胡须的乞丐模样的人。听说你们这里找人打老虎？村人都说是啊。那有好吃的给吗？人们说只要你除掉了虎患，不光有好吃的，还有重重的赏银呢！来人说赏银我不管，你们先把我喂饱！乡亲们虽然很不愿意相信这个有气无力的家伙能把老虎打死，但也只得病急乱投医了。

等那乞丐模样的人酒足饭饱，众人给了他一把火枪，又指了指老虎潜藏的大概位置，就停住了。有胆子大的，拿了锅啊盆啊走到半山腰一阵狂敲，果然，老虎就从山顶一个险要的洞里出来了。胆子小的吓得浑身乱抖，再看那守候在虎洞出口的人，却不知什么时候早已借着酒劲抱着火枪睡着了！他妈的窝囊废，有人开始埋怨：早就说不忙给他好吃好喝嘛，这下老虎打不到，还带命过啦！

却说这饥饿的老虎走出洞口，发现一顿美食出现在那里，一阵狂喜。老虎有个不爱吃死东西的习惯，就把鼻子伸去嗅了嗅。人们的心提到了嗓子眼，心里说窝囊废你可千万别出声啊，可谁知就在这时候，由于老虎长长的胡须伸进鼻子，那人痒痒得"阿嚏——"打出一记响亮的喷嚏，女人和小孩都吓得闭上了眼睛，不忍看那残忍的场面。

等他们再把眼睛睁开的时候，却被眼前的一切惊呆了：身后就是万丈悬崖，正在嗅的老虎没注意，冷不丁一个喷嚏吓得它一倒退，这一退，竟退到万丈悬崖里去了，正滚得咣当作响呢！

"英雄，英雄！"村子里男女老少一片欢呼，锅啊盆啊敲得更起劲了，却说拿火枪的家伙这时候才醒过酒来。人们把刚才的情况一说，他立刻尿了裤子：妈呀，当真有老虎啊！说完，不顾荆棘乱石，屁滚尿流一路狂奔……

鬼歇脚

八爷擅走夜路，经常能挑一百多斤的东西赶十几二十里荒岭。

插秧时节，八爷到邻村挑秧，由于贪杯误时，八爷挑了80来个小捆秧苗从邻村出发的时候，就已经是晚上10点多了。紧走慢走，总感觉脚上不得劲，走到一个小地名叫"鬼歇脚"的荒林坡时，已临近午夜。

八爷实在走不动了，一屁股坐到一块方石上准备抽袋烟，可半盒火柴都擦完了，却没一根起火。八爷大为恼火，就在他抓头挠耳急得不行的时候，前面不远处突然出现了一丝亮光，便忙不迭地走了过去。

当他走到亮光处，不由得倒吸一口凉气，火光竟然是一对供奉在一座新坟前的蜡烛。新砌成的墓碑上，一张崭新的黑白照片正冲他微笑，挨着蜡烛摆放的米饭仿佛还在冒着热气呢。八爷全身血脉一下子涨了起来，就着摇曳的烛光，他发现四周竟然全是坟墓，有刚砌成的，翻飞的纸幡和新土显示出坟主刚死不久，也有破旧不堪的，甚至露出已经腐朽的棺木。而自己刚才坐的方石，就是一块倒地的墓碑。

八爷烟不点了，酒也被完全吓醒了，联想到"鬼歇脚"的小地名，顿时全身都被冷汗湿透了，真后悔不该到这里抽烟歇息。于是立刻扔了秧苗担子死命往前跑，可不管他怎么努力，始终都处在坟墓的"包围圈"中。

折腾到半夜，八爷太累了，他想，今晚肯定要命丧坟场了。正无头苍蝇一样四处乱窜，可不知怎么的，突然闯进了一间矮矮的小木屋。对于八爷的到来，小屋主人似乎并不吃惊。八爷抬头一看，放心了，这不是经常在赶集时遇到的赤脚医生王草药嘛！八爷像抓住了救命稻草，用搭在肩上的毛巾擦了擦额角的冷汗，急急忙忙将刚才的情况说了一遍。王草药始终笑呵呵地盯着他，并不搭话。等八爷说完了，王草药才嘿嘿笑着说，他们逗你哩！

他们，逗我？八爷被王草药说得一头雾水。王草药却告诉他早点休息，不要再说话了，并特别交代，早上走的时候不用给他打招呼。

想着耽误了一天的工夫，又丢了秧苗，八爷非常着急，天没亮就走了。想着王草药的叮嘱，八爷没有给他打招呼。回到家了，向村里人说起昨晚的事，直称王草药这人不错，关键时刻还是他帮了忙。硬是打回五斤苞谷烧酒要感谢王草药。村人听了，都张大了嘴巴，惊讶地说，王草药上个月就去世了啊，你见到了他？

八爷说什么也不信，可村人将他带到王草药的住所一打听，才发觉王草药上个月上山采药，不慎跌下山谷，真的已经去世了，他生前所住的土屋已经倒塌大半。八爷到昨晚过夜的地方一看，自己擦汗的毛巾还挂在一个低矮的坟头上！一同行老人说，老八昨晚肯定是遇到了道路鬼，但他们都是好鬼，是在帮你，故意拖延时间让你避开前面的灾祸，要不然，你可能就真给他们做伴去了哦！

八爷感慨万分，想不到王草药生前行医济世，死后还这样热心助人，于是朝王草药的矮坟磕了三个响头，将烧酒半壶浇在坟前，另外半壶向四周的坟茔洒了个遍。从此以后，八爷再也不敢走夜路了，天一擦黑，就早早地关门睡觉了。

烤鬼火

早些年，五爷在地主家里做长工。某年年底，由于收成不错，地主一高兴，请长工们好吃好喝了一顿。领了工钱后，五爷和村里几个同在地主家做长工的小伙子都非常高兴，当晚就闹着要回去。地主劝他们说外面正下着雪，路途遥远又不太平，可几个小伙子都整整一年没见到家人了，虽然他们知道那条路上曾死过很多人，但他们还是仗着酒胆上路了。

五爷他们走啊走，走到夜已经很深了。这时酒气已经散尽，又冷又困，大家实在走不动了，突然前边的山脚下闪着火光，几个人正在烤火。大家都非常兴奋，走过去就围着火堆坐下了。

一坐下来，五爷就发现，不管他们怎么搭讪，火堆边上原来的几个人都不说话，再一看，五爷心里突然咯噔了一下：那几个人的面色非常不对劲！并且发现这火竟然一点儿都不热，而且越烤越冷！五爷好像明白了什么，立即站起来拉另外几个同伴，说我们赶紧赶路吧，再走一会儿就到家了呢！可他们谁都不听，非要再烤一会儿。没办法，五爷只好一个人离开了。

五爷回到家的时候，天已经亮了。当他带着乡亲们回到昨晚烤火的地方的时候，几个同伴已经全冻死了。再看周围，哪有什么火堆啊，只见地上横七竖八地摆着几具白骨。一同去的老人就说，先前烤火的那几个人肯定是冻死鬼，半夜点着鬼火，专等着吸活人身上的热气。从此以后，五爷再也不敢走夜路了。

鬼并不存在，"麻老虎"也成了传说逐渐远去。迈入新时代，奋进新征程，一篇篇不断求索、奋力拼搏的动人故事，正由我们浓墨重彩地书写，而那些陪伴我们成长的老一辈亲人和那些萦绕耳边挥之不去的乡音，正时时、处处唤起我们的乡愁，让我们不敢停下奋斗的脚步，催促我们砥砺前行！

职业孝子

他是一个外号叫"大儿"的职业孝子,谁家有了丧事,他准能第一个知道。

他的真名我无从得知,但他的名头,我这样说吧,县城老百姓,或许有人不知道县长的大名,但如果你说不知道大儿,人家就怀疑你是外地人了。

我到聚仙楼悼念朋友逝去的母亲。

聚仙楼常年都有低沉的哀乐、摇曳的长明灯,刺鼻的香蜡味夹杂着逝者亲属的阵阵哭泣,格外地恐怖和压抑。

通往聚仙楼的路两边,都是卖花圈、香蜡或是棺材寿衣的店铺,这里有个不成文的规矩,就是不论哪家死了人来这里开追悼会,不管人家是不是你的顾客,店里都要打出沉痛悼念谁谁谁的小条幅来,好像是在为逝者招魂引路,也像是轻易就赚了死人钱的店主为心安理得耍的一种小手段。

出殡那天早上,天色尚早。随着主持人一声吆喝,便看见送葬队伍前面歪歪倒倒走来一个挺着个大肚子手提马灯的大高个子，不住地往外扔着纸钱。

作为孝子的大儿，走在送葬队伍的最前面。因从小患过脑病，除了走路走不正，嘴角还淌着永远都流不完的涎水。所以大儿肯定不是个正常人，至少在精神上不全是。

虽然大儿精神不算太正常，但在丧葬这个行业里，他无师自通，一些地方风俗，他好像比谁都懂，比谁都专业。比如将死者送上山后，人们要将缠在臂上的青纱放到墓碑前烧掉，比如死者入土后，后人要捧着死者的遗像在锣鼓匠的带领下，围着坟转三圈，再比如后人要将供在逝者坟前的菜肴吃掉，吃得越多今后会越发财……

不知道痴痴傻傻的大儿是怎样知道并记住这样的规矩的，但人们都心甘情愿地按照他说的去做。少了大儿的加入，丧家心里总觉得不踏实，总觉得哪里没想周到，对不住逝者。

大儿总是那样一丝不苟，好像每次逝去的，都是自己的亲人。

大儿烟瘾奇大，却不论烟质的好坏。一根接着一根，生怕熄火。一次，人们发现大儿的衣兜里，竟然藏了一包50多元的好烟，于是起哄："大儿散烟，大儿散烟！"

大儿流着涎水说好啊好啊，正当大伙儿等着分享好烟时，大儿却只给两个人递了烟，一个是小有名气的道师，另一个是锣鼓队的领头人。因为每次哪里有了丧事，这两个人都喜欢喊他一起。

人们都说，大儿这家伙看似愚笨，实际上精着呢。

大儿喜欢美女。每次在将死者送上山后小小的休息间隙里，人们都看见大儿窜来窜去，以为他在找什么，却发现他跑到这个女子跟前盯一阵那个女子面前瞧一眼："嘿，这个姐姐乖，这个姐姐好看，那个不好看……"

但他从不动手。所以人们也乐于逗他，有人便指着自己的媳妇问：

"大儿，你看，这个姐姐怎么样！"大儿反而不理人家了。

大儿就这样忙碌着从这家到那家，哪里有丧事他比谁都先知道。每参加一次丧事，都会挣到50元钱，主人家有钱又大方的，还能得100元。每次挣了钱，他都亲手交给老娘："等以后我老了，你要给我娶个媳妇！"

我不由得暗暗地为这个家伙叫好。我们粗略算了一下，只要有业务，他平均一天跑两场丧事是没问题的，而最忙的时候，一天要赶三到四趟。因为刚刚在我们这里还没完事，我亲眼看着大儿拿那个锣鼓队领头人的手机在联系下一趟生意，我也总算明白，他为什么单单发烟给那两个人，对我们却不理不睬。

大儿德行好，虽然智力有障碍却从不打人。但有人也亲眼看见他将几个同样想来这里给人家当"孝子"的小乞丐给赶走了，他那是向人家宣示，这里是他的地盘！自从将人家打一回后，就再也没有谁个再敢抢这个大个子的饭碗了。

有人曾怀疑他是不是真的智力有问题，但他的举动着实无法让人将他和正常人联系到一起。有人说，如果给大儿穿上西装打上领带再戴上个墨镜，准以为他是大老板呢。

一年后，大儿的母亲去世了，大家都以为轻车熟路的大儿会提着马灯跑到送葬队伍最前面，没想到他将马灯交给了大哥："你是老大，这个你拿着吧，我给别人当了一辈子的儿，我不是娘的儿了！"

这时候我们才发现，大儿其实有哥哥有姐姐，并且他们一个个都很有钱。我们也知道他母亲价值近一万元的水晶棺材是大儿的钱买来的，哥哥姐姐都暗暗地攀比着谁更有脸面，却不料被大儿一出手就比下去了。

母亲的丧事上，大儿哭得最厉害："娘啊，我给别人当了一辈子的儿，但你才是我的亲娘啊，你说的等我老了，还要给我娶媳妇的啊，呜……呜呜……"

古道盐客

题记：秦巴古道犹如一条游走深山的大蟒蛇，蜿蜒于三峡腹地开县北部山区的满月山上，千百年来，作为开县井盐输出的必经之路，它西通巴蜀，北接三秦，东连荆楚，南越云贵，素有"巴夔喉襟"和"襄峡唇齿"之称。在这条古道上，留下了多少或美丽或凄婉的动人故事，盐客麻老三的故事就是其中之一。

据说麻老三膀大腰粗，一米八的个子。走起路来地面锵锵作响，单看这些，绝对是个标准的汉子，可惜长满络腮胡子的脸上，让一道蜈蚣样的刀疤斜过鼻梁，生生地破了相。

作为一个职业盐客，走秦巴古道已经 30 多年了，麻老三已经从一个下苦力的挑盐脚夫，成长为盐马帮的当家人，手下三十多号弟兄，个个生龙活虎。

30 多年过去了，到了清朝晚期，这条连接川陕交通以食盐输出为主的道路上，依旧热闹非凡。有成群结队驮盐的马帮，马不停蹄地赶路，也有肩挑背磨的挑担子盐的散客，三三两两停了挑子在歇气。叮叮当当的马铃声、盐客粗犷的吆喝声和着嬉笑怒骂充斥着古道的每一丝空气。

虽然已经做了马帮的当家人，但每出一趟盐，麻老三都格外谨慎。古道最艰难的路段，上下三十里杳无人烟，只有过了愁马坡，才会有三三两两的客栈。愁马坡路陡石利，马儿都难迈开脚步，但走过这里，也就意味着难关渡过了。

麻老三牢记着师傅临终时留下的教诲，第一是逢出盐必须备足饮水，山高路远，特别是夏天，热得冒烟。第二虽然每趟少则十天半月，多则三五两月，但再饥渴，都不许碰女人。这第三个就要注意掐算时间和进度了，必须是"未晚先投宿"，否则错过店家，大伙儿整夜就只有野外露宿了。

走过愁马坡，正当人困马乏，突然前面坪上人声嘈杂，旗幡招展，客栈豁然显现。盐客人没下马挑没着地，早有小二前来揽客。麻老三拉了拉马缰绳，顿时来了精神。

安顿好众弟兄，已经是凌晨1点多，第二天一大早起来，早过了赶路的时间，弟兄们发现，麻老三竟然和客栈老板娘胡三娘搂在一起，呼呼大睡！

众兄弟咬牙切齿，老三啊老三，我们都老老实实守着马帮规矩，你这，可是带头犯了大忌啊！

人们议论纷纷，有人说，都是男人嘛，再说麻老三老婆相貌丑陋，几十年了，后都没给他留下一个，可以理解，可以理解！

也有人说，此风断不可长，个个都是血气方刚的汉子，骚劲惹发了，哪个还有心思驮盐哦，说不定盐没驮到，小命倒丢了！

也有平常就和麻老三不对胃口，私下结了梁子的，竟偷偷告诉了胡三娘在山里当土匪头子的男人。

一日，麻老三正和胡三娘亲热，突然土匪头子带一帮人杀到，咬牙切齿要宰了奸夫淫妇。

由于理亏，麻老三带着胡三娘狼狈逃离，追杀中，两人被迫走散。麻老三发誓一定要剿灭这股土匪，于是千方百计要投奔一个大队伍。

临走之前，以为胡三娘已经被土匪追杀至死，于是在满月槽的一处山坡上，立下了一块碑，纪念胡三娘。而心灰意冷的胡三娘，见漫山遍野都有土匪的追杀，一气之下，逃到狗儿坪嫁给一老实的石匠做了老婆。她让石匠丈夫，亲自刻了一块石碑，慎重地写上了麻老三的名字。

时至嘉庆年间，这里闹起了沸沸扬扬的白莲教起义，义军浩浩荡荡经过这里，一名中年头领下马，大声呼喊着胡三娘的名字，幸运地找到了这个人，却发现她早已嫁作人妻。

胡三娘身旁，一个毛头小子正在砍柴。两人分别找到了用作纪念的石碑，相拥而泣。胡三娘在麻老三耳畔轻语：那个砍柴小子，就是你当年种下的种啊！

队伍响起了嘶号，麻老三跃马入阵，扭头大喊：我还会回来的！

拿寿碗

在我们老家有个风俗，哪家老人去世了，吃完丧宴都兴将饭碗带走，叫拿寿碗。用了这个碗，寓意添福又添寿，吉祥。去世的老人寿命越长，碗就越受人喜爱，人们就会争相拿碗。特别是初生小儿，用了这个碗，保管一生平安。

本来拿寿碗是好事，我却因此和舅舅家的表弟双喜发生过矛盾。我和双喜从小一起长大，性格却不大相同。我踏实又勤快，双喜不光爱吹牛，还好吃懒做，婚都结了，每月还悄悄找舅妈要生活费，拿晚了还要骂人。我们两人媳妇都挺着个大肚子，眼看就快生了。

有一天，双喜对我说，我家媳妇她家太爷爷已经97岁，上个月生病了，硬朗朗的人，说不行就不行了，听说这周都过不去了，到时候，我一定带俩难得的大寿碗回来，给我们两个的小家伙一人准备一个，定能消灾避邪，多福长寿。

我早被双喜吹牛吹怕了，连连摆手，即使是这个事情，我打死都不愿再相信他。双喜知道自己平常吹牛过度，打赌也经常输，早已严重影响了他在我心目中的形象，他早料到我不会相信，于是在心里暗暗得意："这次拿大寿碗，肯定是板上钉钉的事，到时候，看你还小瞧我！"

半个月后，他媳妇太爷爷的病，竟奇迹般的好了。过了几天，可以下床拄着拐杖慢慢走动了，再过一周，早上能吃一碗醪糟蛋，中午能喝一大碗稀饭了！双喜失望极了，我们两家的小家伙却都已经降生了。

我家做满月酒，双喜也来了。我问起寿碗的事，双喜很不好意思，连声糊弄："快了快了，下个月，下个月保证得行！"

却说双喜，寿碗没拿成，却一不小心将这话让那位被称作太爷爷的老爷子知道了。一次回老家，双喜家的大儿子见到老爷子，奶声奶气活灵活现地将我要寿碗的事跟老人学了一遍："爸爸说想要你的寿碗，要了几回，没要到，爸爸说下个月，下个月一定得行哩！"

双喜气坏了，刚要打孩子，却见老爷子瞪圆眼睛，嘴里喘着粗气，头一偏，动弹不得了。家人手忙脚乱地将老人往医院送，老人这一病病得不轻，医院下了病危通知书，喊亲人们都到场，得准备后事了。亲人们都埋怨双喜，居心不正，老人家这次，怕是真挺不过去了。

双喜听着数落，私下里却在盘算，这样大岁数，反正活不了几天了，这下倒好，挨了一顿臭骂，寿碗的事，总算快有着落了。于是，装着很忏悔的样子，在老人病床前又是喂药又是端尿，一片殷勤。可让人想不到的是，老人又活过来了，并且一副老绵绵的沧桑样，一点也没有撒手人寰的迹象。一大拨亲人翻着白眼，骂骂咧咧走了，乘车的乘车坐飞机的坐飞机，双喜也在鼻子里闷哼了一声，骑了摩托，一踩油门，"呜"地留下一烟囱垃圾，丢下70多岁的大姑奶一个人照料老爷子，回到城里的租房去了。

又过了将近一个月，由于媳妇奶水不够，双喜回老家驮黄豆，意外听说太爷爷早已离世，下葬多日了！双喜一下就火了："那怎么不通知我，送他老人家最后一程！"双喜明白，丧宴都没摆，这个寿碗，铁定是泡汤了。

大姑奶伤心地说，老人家说多次麻烦你们，实在不好意思，所以就没告诉你们。双喜扭过头正要走，被大姑奶叫住了。大姑奶回到屋里，颤颤巍巍地从一口布满黑尘的老式木箱里摸出一个碗，慎重地交到双喜手里："这个，是你太爷爷临终前给你准备的！"

双喜一看，是一只粗糙的小土碗，里里外外布满了瑕疵，斑斑点点如老癞蛤蟆的脊背，一看烧制工艺就很差。

双喜不满："那个老不死的，就拿这样一个破家伙糊弄我！"说着将碗高高举过头顶，就要用力摔下去，却被大姑奶一把拉住，将碗拿回去了。

大姑奶说，你不要瞧不起，其实你太爷爷两次住院，都没有病，他儿孙满堂，却没有几个人愿意回来陪陪他，甚至有人几年都没有给他打过一个电话，上次他住院后，见你们走的时候一个个都气鼓鼓的，就真的生病了，这一病就没再起来。大姑奶抹了一把泪接着说："按他老人家的意思，我没有告诉你们，但是他临走前，按照大家在他心目中的分量，为每个家庭都准备了一只品种不同、大小各异的碗。"

双喜的情绪稍微缓和些了，脸仍然沉得下下的："我们大家庭成员这样多，他也不至于为我们准备最小、最粗糙的一个嘛，真是难看死了！看来，我们在他心目中，也太没地位了嘛！"

大姑奶动情地说，其实你误会了，老爷子不到十岁就没了爹妈，每顿用这只碗，端一碗能照见影子的稀粥，泪水却颗颗滴进碗里，这只碗，见证了他最艰难的岁月，你太爷爷一直珍藏着，它才是真正的宝贝寿碗啊！他交代过，五世同堂最先在哪家实现，他走以后这只碗就交到哪家，既然你们都不想要，那这个碗，就让它随老人家去吧！

大姑奶说完，将碗高高举起，眼看就要砸在地上，双喜却仍然梗着脖子，一副不为所动的样子，双喜六岁的大儿子多多看不下去了，一把抱住大姑奶大腿，流着眼泪向着双喜哀求："爸爸你快说我们要碗，不丢碗，你说我们以后都听话，我们勤快，我们孝心（敬）老年人……"

多多大声哭喊着，大姑奶也老泪纵横，看到这里，双喜终于忍不住了，泪花花儿转到了眼眶的外边缘，但双喜强忍着终于没让它流出来，双喜从大姑奶手里接过碗，紧紧攥在手中，粗糙的土色斑点如太爷爷脸上的皱纹，双喜觉得这个碗沉甸甸的，生怕一不小心打碎了，他下定决心，要将这个碗当作传家宝，一代代传下去……

刮胡子

"刮胡子"本是男人们保持脸部清洁的一种方式，为了把脸盘子弄得干净些嘛，后来却成了四川、重庆一带人"挨骂、受气"的代名词。

黄新是某鞋厂的内勤，本来厂里规定8点钟上班，因为一天早上和老婆吵架耽误了时间，赶到办公室时已是8点过3分了。照说，超过几分钟也不算太迟到吧，但老板凶巴巴地跑过来就是一顿好训："你娃还想不想混啊，无视工厂纪律，不习惯就给老子卷铺盖走人！"

黄新本来心情就不好，但谁叫人家是老板呢？遭刮胡子不说，硬是扣了20块钱的工资。那天中午，老板和女秘书小茹调情，却让黄新给撞见了，后来老板想方设法也要刮黄新的胡子。黄新怄不过，就编了个顺口溜，梗着喉咙仰天长叹："打工好辛苦，老板要刮胡，锅里无肉煮，回家还遭老婆鼓（骂）！"

正当黄新欲哭无泪的时候，有工友告诉他一个大快人心的好消息：老板也遭"刮胡子"啦！

那天，老板去给儿子二毛开家长会，老师在讲台上紧绷着脸说："本班一共 58 人，100 分的 1 人，90—99 分段的 8 人，80—89 分段的 34 人，只有二毛一个人不及格！这真是我们班的'荣幸'啊！"老板在下面脸红得像猴子屁股，一回家就把二毛一顿熊骂："丢老子的脸，考试不及格，老子的胡子遭刮得嚓嚓响，脸红了好几道！"

换面条

20 世纪 80 年代至 90 年代初，每个村庄基本都有自己的碾坊，主要是碾米，加工苞谷面、麦子面之类的颗粒粮食。我们闵家坪也有这样一座碾房，除了碾轧功能外，还做面条。

我们每次去碾坊打米，都要排队。我就有机会到处看看。碾坊有两到三个人在忙进忙出。一人负责打米，另外两人负责轧面。那时候机器本来就落后，加之我们闵家坪的机器已经算是高龄服役，毛病随时可见。碾米机的皮带转得好好的，机器突然停摆的事经常发生。早上去打米，中午能不能按时吃上米饭，有很大的运气成分。有时候一早就去，天快黑了机器还没修好。

碾米机能够正常运转的时候，负责碾米的就不时地将梭斗里放出的米捻到手心里，看看米粒的大小和谷粒的去壳效果，并以此不断调整米斗底部和梭斗相连的闸片，打得太细了，颗粒不饱满，就把闸片拉开一点，太粗了去壳效果不够，则把闸片往回收一点。

由于这台碾米机早已老化，每次碾米，都要碾两到三次。即使这样，

124

我们还是觉得不满意，煮饭之前，要用簸箕簸上好几次，还会选出很多未褪壳的谷子和细砂砾。每次碾完米，还要把米糠背回来，米糠是喂猪的上等材料，就如人吃的鸡精、花椒面等诸多作料，每次煮猪食时舀上一瓢米糠，猪吃食的响声都要大很多。

碾坊的人常年都是"白头发白胡子"，如果不是过年或者走人户，一年四季衣服都不用换了。二三十岁的人和五六十岁的人，也看不出有多大区别。身上不是米糠粒就是面粉灰，不是面粉灰就是机油的黑渍。总之，有几件好衣裳，也很少顾得上穿。

负责轧面的两人，一人紧盯着轰鸣的机器，另一人则用面棍一棍一棍地把面条挑到太阳底下的面架子里晾晒。麦收季节，只要一有空闲，他们都会往垒得高高的竹制围席里添加小麦。

闵家坪的麦子基本都是卖到本村的碾坊。但也有为了一毛或者几分钱的差价，主动将麦子挑到更远一些，一个小地名游家老屋的郭家面坊。郭家面坊一门心思做面条，不碾米，机器又是改良后的新一代产品，面条质量自然就高些。我们早就抱怨本地碾坊的面条"容易糊汤、筋道不够、一煮就溶"，自从有人到游家老屋去卖麦子，带回一把面条后，大家尝了都觉得好，便背着本地碾坊的人，悄悄往郭家面坊跑。不知道本地碾坊的人是真没看到，还是看到了不好意思阻拦，反正别人舍近求远，他们从没出面抗议过。

云阳是面条大县，常年在外务工的人，有一半以上从事面条行业。尤以江口、沙市、农坝等乡镇的人居多。特别是我们闵家坪，几乎家家户户都有人在外面从事面条生意。可能你前几年看到一个半大小子，出门给人当学徒的路费都是老板帮忙给的，几年后猛然一下开了自己的越野车回来，还带回一个高挑漂亮的老婆；又比如谁在几年前还开着一个破旧得快要报废的面包车，又几年不见，鸟枪换炮，豪车都买了两个。你很难想象面条有如此大的魔力。行业门槛相对较低，不需要多高的学历，只要能吃苦，即使白手起家借钱开店，一般都是稳赚不赔的，难怪云阳面条从业人员滚雪球似的在全国各地增长。

我想云阳面条行业的迅猛发展，和云阳人从小接触面条、爱吃面条、会吃面条是分不开的。自从吃了游家老屋郭家面坊的面条后，本地碾坊的面条销路就差多了。我也想吃郭家面坊的面条，就央求大人允许我背一小口袋麦子，和其他人一起去换面条。

那时候，面条不是卖，基本都是用麦子换，按一百斤麦子换多少斤面条进行折算。游家老屋距闵家坪约有五公里路程，去的时候，先往下走过一段石梯子路，石梯子路走完，踏入一条狭窄幽静的小河，著名的"神龙庙湾"就到了。据说很久以前，河道本来十分宽敞，也是过往的必经之道，一条恶龙盘踞于此，肆意填埋河道、伤害无辜路人，河道越变越窄，人们通行更危险了。后来，恶龙行凶的消息传到居住在距这里二十多里外寨沟河的一条小白龙那里。小白龙连夜赶来除害，却不幸与恶龙同归于尽。人们为了纪念小白龙，建了一座"神龙庙"，这一条被两边高山掩映着的狭沟就被称为"神龙庙湾"。多年以后，庙已不在，"神龙庙湾"的河水却日夜奔流不息。

走完"神龙庙湾"，再穿过几根田坎，郭家面坊就到了。第一次换面条很顺利，由于我背的麦子不多，只有十多斤，只换回了两把面。面条很快就吃完了，和同伴多去过几次之后，我就能一个人自由往返了。有一次，我是上午九点多去的，直到下午三点还没回家。那时候没有电话，爸爸着急了。由于我背去的麦子多，面条就多，应该有二十来斤吧。那天是中秋节，换面条的人多，我排在最后面。还因为妈说想吃"牛滚水"（麦子面块加洋芋条等煮成的混合汤），我还专门换了两三斤面粉。

因为中午没吃饭，我又渴又饿。走到"神龙庙湾"，我捧着河水猛喝了一气，坐在那里歇息，居然一会就睡着了。爸爸又心疼又气恼地说："找了你好久，还以为走丢了或者生病了呢！"说完，气鼓鼓地替我背着面条，大踏步往回走去。从那以后，爸妈再也不让我独自一人去换面条了。我问为啥呢？爸爸情绪还没完全平复，仍然还有点气恼地说："说不让就是不让，没得原因！"

我以为是面条没背回来，耽误了他们中午吃饭。后来才知道，是"神龙庙湾"这一带有"危险"。那时候医疗条件有限，附近一些人家的新生儿夭折了，人们就埋在"神龙庙湾"两边的山上。他们说得活灵活现，"神龙庙湾"本来平常日照都不好，特别是下午四五点钟以后气温下降，让人觉得更加阴冷。他们还说，每次天快黑了走到那里，都觉得阴森森的背部发麻，还时不时听见两边山上有人窃窃私语，或者传来婴儿的啼哭声，甚至还有人撒沙子下来。

我心有余悸地说："怎么我从没听说过呀，我一个人进进出出跑了好多趟！"从此以后，大人不拦我，我一个人也轻易不敢走那条路了。要去也是上午时间约了很多人一起，进出"神龙庙湾"那段路都是小跑，头也不敢回。

那时候，面条是稀罕之物，并不能每顿都吃。面条的品种也很单一，就是简单的白色挂面。不像现在，红色的绿色的粉色的面条都有，融入了更多的健康理念和观赏元素，甚至从吃食变成了艺术品。但不管怎样我都时常怀念起那时候的面条，特别是换面条的点点滴滴，至今记忆犹新。

世相

故乡名人三题

"神童"王明

　　王明比我大一岁，是我们村的神童。我还在上小学四年级的时候，王明已经在学车了。

　　我们听到教室外有"突突突"的声音传来，就知道王明又来了。

　　车是六轮车。就是在原始拖拉机的基础上，扶手变成了圆形的方向盘，轮子也由前一后二的三轮，变成了六个轮子。以前开拖拉机的时候，非身强力壮者不能驾驶。那时候道路普遍为狭窄的泥巴路，一到下雨天，行车就如犁田一般。拖拉机的两个扶手成了犁头的扶手，拖拉机的头部，就成了一头初上枷担调皮捣蛋的小牯牛，怎么按都按不住。

　　换成六轮后，就舒适多了。虽然泥巴路还是会打滑，但已不用使出吃奶的力气去扳拖拉机扶手了，甚至在转动着方向盘的同时，还可以腾出一只手来指挥指挥别人怎么给轮子下面加垫石，或者怎么加炉渣。

　　王明跟师傅学的，就是这样一辆六轮车。我们听到教室外"突突突"

130

的声音，是王明的师傅唐安娃子开来的。那时候王明才上到五年级，本来他在全班的个子就最小，在人高马大的师傅旁边更显得渺小不堪。

这是80年代末，我们红梁村的第一辆六轮车，在夏日午后，我们昏昏欲睡的下午第一节课时，朝着村校开来。

那时候，我们这些穷家小户的孩子，连自行车都没亲自摸到过，更别说这洋气的六轮车了。那段时间没有谁家需要运东西，车子开过来，就是为了掉个头。我想，前面朱家垭口那样宽的路，不是可以掉头嘛，你跑这样远过来干啥呢。

我非常怀疑这是王明的主意，他一定是央求师傅开到学校，好在同学们面前炫耀一番。下午第一节的课本来就容易打瞌睡，加上老师上的质量并不算很高，同学们的注意力一下子就集中到窗外去了。老师故意咳嗽着，用黑板擦在讲桌上磕了几下，转过头往黑板上书写去了，几个胆大又调皮的家伙悄悄下了座位，将头挨着窗户往外贪婪地看着。透过窗户，我们突然觉得矮小的王明长大长高了许多。

我承认村小是出过很多优秀人才，但纯属为了把人混大的也不在少数。一晃，我们也从四年级升到五年级了。又一辆崭新的六轮开了过来，比前面唐安娃子那辆更新、车头上还戴着一朵大红花。由于车厢里面没有装东西，在石子和轮胎的碰撞下，公路上不断传来"哐啷哐啷"狂躁又毫无章法的噪声。由于刚好课间休息，谁也不用偷偷打望。大家都可以近距离看看六轮车，甚至还有人想去摸一摸，让王明瞪一眼跑开了。王明离开学校才一年，他哪来那样大瞪人的眼劲，是不是离开学校，威力自长呢？

除了车头上醒目的大红花，车身还悬挂了一张醒目的红纸，用毛笔慎重地写着王明的光荣事迹："姓名王明，十二岁学车，师傅唐德安。"

看完红纸黑字，我们又看见一个男人从车斗上跳下来，身轻如燕。他就是王明的父亲，当初老师极力劝说不让王明去学车，说学习第一，就是这个男人，强硬表态："我自己的儿子，我怎么培养都行！况且我是为祖国运输事业做贡献嘛！"

如今，他们是来报战果了。王明还在父亲的带领下，走进教室，对曾经的班主任老师说："老师，我们明娃子已经出师了，今天是来感谢你们平常的关心和栽培的！"

老师是个身材高大、面色黝黑的中年男人，正坐在讲台前的凳子上，将头埋进堆得高高的作文本里批改作文。老师略微抬起头，斜着眼瞟了一眼这个曾经的学生家长，努了努嘴，没有说话。王明还想说什么，上课的哨声吹响了。

父亲虽然没有收到多少热情，但仍然十分高兴，他拉着王明的手说："走，我们倒回去，再去付家坝打个转身！"付家坝和他的家黄家老屋南辕北辙，六轮车起码要走二十分钟。但他们不在乎，好像他们给车子烧的是水，不是柴油。

三十年过去了，我们一直在外读书或者打工，再也没有王明的任何消息，或者我们早就忘了小时候的这个神童。突然有一天，我偶然间向堂哥问起本家一个多年未见的姐姐，问她现在到哪里去，近况怎么样。

"哼，你说她呀，真是没得名堂，找哪个不好，居然跟那个王明娃子混到一起了！"

"哪个王明娃子？"我问。

"就是以前开六轮车那个小娃啊！"正陪堂兄打牌的几个人也不屑地附和着，"不晓得那个背时女子怎么看来了的，那样小的个个。"

我没细问下去了，王明现在肯定混得孬。如果他很有钱，品德也很高尚，人们是不会私下里嫌弃的，至少不会说他个个还那样小。

名言刘兴友

　　一句口头禅，不论是谁说出的，流传远了、流传久了就成了名人名言。我们红梁村六十多岁卖橘子的老头刘兴友就是这样一个名人，虽然范围仅限于农坝镇，或者更小的红梁村。

　　在村小读书的时候，我们的校园是敞着的，谁都可以进来，随时都可以离去。每当上课，家长们都有机会来看一眼。如果哪个班上的声音大，或者学生坐得规矩，人们就会竖起大拇指："这个老师不错，教得好！"哪个班的学生因为讨论数学题目交头接耳，或者因为语文课的组词、造句声音七零八落，老师就会挨骂："这个老师不行，教不来，学生都不听他的！"

　　来望得最多的，也说得最多的，是一个常年穿着皱巴巴灰黑中山装和一双烂胶鞋的老人。再后来，哪个老师上得好不好，哪个学生调皮捣蛋，只听听老人的说法就够了。

　　这个老人就是刘兴友。他家住在农坝老街入口处，我们每次上街赶场都能看到他。虽然他有一个外孙也在这里上学，但他的主要目的，并不是监护外孙，而是来卖橘子。每天学生上学时间一到，他就背着一背篓橘子，不紧不慢从家里出发，走四十分钟就到我们的村校了。刘兴友说他的橘子都是自家地里产出的，二角五分钱一斤。正好是长身体的时候，学生们上午上到第三节课、下午上完两节课就饿了，肚子咕咕直叫唤。由于没有其他零食，刘兴友的橘子背篓一来，就围了不少学生。但大家都没有钱啊，刘兴友就变通处理，给现钱可以，没有现钱的，拿书本来换也行，一斤书本换一斤橘子。

　　那时候基本都是以上语文、数学两门正课为主，其他诸如自然、美术、思想品德等副科，从来都没有上过。课本要么用来折了纸飞机，要么作为废品卖了钱，反正一学期没完，课本早就不知所终。卖橘子的刘兴友来后，这些课本便有了新的用途。

刘兴友拎着一根小杆秤，乐呵呵地称书，又乐呵呵地称橘子。称书的时候，他把秤砣压得低低的，仿佛他吃了好大的亏。称橘子时，他又让秤砣高高昂起："看好看好，3斤2两还有望头！"实际两斤半还不到。学生们都怕被老师逮住了，谁都想拿了橘子早点跑开，谁在乎你的斤两呢，再说这些孩子根本不识秤。

开头，还只是这些"副科"课本，一学期快要完了的时候，那些调皮捣蛋又不爱学习的学生，连语文数学课本都拿来换了。最初，刘兴友还称一下斤两，后来为图方便，他秤都懒得拿了，书本一拿去，象征性地给你三个五个橘子，交易就算完成。开始，老师还去阻拦，也曾去试图把刘兴友赶出校园，可这是个开放式的校园，能有什么效果呢？久而久之，老师们也睁一只眼闭一只眼。

越到后面，刘兴友的橘子个头就越来越小、味道也越来越差。大家才知道，他的橘子根本就不是自家产的，而是从橘贩子那里淘的人家不要了的次货，才8分钱一斤。

一学期下来，橘子卖完，刘兴友和周边的村民也非常熟悉了。人们都知道了他卖橘子的伎俩，故意说："刘老板，我家有800斤苞谷，你下次多背点橘子来，我们两个换了嘛！"

"我家那头大水牛，现在老了力气跟不上，你看能换多少橘子，我们做个生意！"

"我屋里今年收了1000斤黄豆，堆也堆不下，烦死人，干脆用你那橘子帮我处理算了！"

总之，一个比一个狠。刘兴友这样精明的人，什么话听不出来呢？别看他是个一只脚已踏入坟墓的衰老头子，嘴巴却相当厉害。刘兴友盯着来人看了好大一阵，像是生气，又像是挑衅地拖着长音说："吔，你娃，硬是周作（奚落的意思）我刘兴友没杀过大羊子哦！"言外之意，我刘兴友好歹是住街上的人，什么场面没见过呢？还要你们这些住在村里的土包子来嘲笑我。

从此以后，这句"周作我刘兴友没杀过大羊子"的著名口头禅就传开来了。

实际上，刘兴友并不是特别讨厌，他很会讲玩笑话逗孩子们开心，偶尔卖到最后几个橘子，他还会免费送给孩子们尝尝，所以大家都比较喜欢他。我们每次到街上赶场，还要专门看看刘兴友在家没有。如果一路的，是几个都换橘子的小伙伴，我们就会指指点点议论纷纷："看，这是刘兴友屋头！"如果刘兴友刚好在家，我们还会亲热地打个招呼，高兴得如同见了某个亲戚，虽然刘兴友并不一定能记得起我们。

多年以后，农坝镇的新场镇逐步繁荣起来，昔日的老街已褪去繁华，破败不堪。刘兴友的家也大门紧闭，门上挂的锁都生锈了。不知道刘兴友是搬家了还是不在人世了。但"周作我刘兴友没杀过大羊子"这句话，至今还有人在使用。

酒友高中亮

村里能喝酒的多，高中亮应该算一个。

几个人一起摆龙门阵，有人说五十斤装的大酒桶，一个月还没到头，里面的酒就让他喝完了。有人说他可以一斤干辣椒下一斤白酒，也有人说能一斤白开水下一斤白酒，总之都把自己往厉害了说。这时候，从前面歪歪倒倒走来一个人，边走边自言自语："不错，不错，不辣也不夹口。"说着还用舌头在嘴唇外扫荡一圈，生怕溜走任何酒气。

这人就是高中亮。

人们问他哪里去了，他说酒坊新产了高粱酒，他打点尝尝。酒坊就在前面不远的公路边，以前都是用苞谷烤酒，高粱倒是第一次。老板看到这里好几个常客，专门跑过来打招呼。见到高中亮白色的塑料酒壶，惊呼起来："背时鬼，打了五斤白酒，才走了五百米不到，硬是让你尝完了！"

从此以后，高中亮酒名大振。

高中亮家养有一头肥壮的耕牛，农忙季节，他都会给人家耕田，连人带牛，两百元一天。他力气好，牛也力气好，所以请的人就多。但他干活，有一条，酒必须管够。酒喝好了才好干活。用他自己的话说："吃得才做得嘛！"

他给隔壁村庄吴二家里犁田，吴二在外务工，去年年底就出去了的，因为没挣到钱，今年春节都没回来过。吴二老婆春花要负责做饭、割牛草，还怕灌到田里的水让人截留了，忙得团团转。高中亮干活实在，本来需要一天半才能干完的活，忙活到晚上 7 点多，他硬是一天干完了。一直到晚上 9 点多，人和牛才算吃了一顿饱饭。

吃完，春花感觉自己累瘫了。高中亮劳累加上醉意，也瘫倒了。醉眼蒙眬中，他搀扶着春花说，来，你起来，我把你送到床上去，你休息了我才走。却被春花一把拉住："高大哥，你干脆帮忙帮到底，我一点力气都没了，我烧了一大锅洗澡水，你帮我端到卧室倒进大木盆里面。"

高中亮虽然也无力，但好歹比女人强多了。他把水倒进大木盆，又把春花搀扶进去卧室，正要走，却被吊住了膀子。春花虽然个头不高，肉却不少，特别是某些该多的部位。高中亮本来想要挣扎，大木盆热水温热的雾气和春花湿热的喘息，一下子把他包围了。那一夜，他一直折腾到凌晨三点多才回到自己家里。他回去给老婆说："牛累瘫了，给它喂了点酒糟子，现在才爬起来。"

吴二只有一个女儿，第二年，春花给他生了一个儿子，后来成了我的小学同学。大家都说，不知怎么回事，越看他越像那个犁田的高中亮。

乡村伙伴

十二三岁的时候，我曾经有过很多伙伴，过着无忧无虑的快乐生活。不知道从什么时候起，他们像捉迷藏一样，东一个西一个从我生活里消失、远去。但我并不太着急，因为我确信，他们迟早都会回归。

最初，我把他们回归的时限定位于"过一阵子""等过年了""明年再说吧"之类的短期计划，后来，因为各种原因一拖再拖，我不得不将时限改为"等结婚了再说"，或是"等孩子大点了"之类考验自己耐心的词汇。然而，我都快四十了，仍然没有谁回来跟我会合。我不得不念想起这些无情无义的家伙来，高飞就是其中最无情无义的人之一。

高飞是我二叔（爸爸的堂弟）的儿子，十三岁那年，是我们最快乐、感情最好的年头，离放假只有一个月，再无忧无虑地捕几回山鼠，撵几回麻雀，或是肆无忌惮地玩几回弹弓就要过年了，高飞却被二叔带到海南岛开荒地种杧果去了。

走的头天晚上，我们一起在后山安放了套鼠夹，约定第二天早上天亮后就去取鼠夹。每次安了鼠夹，我都会睡不着，做的梦都是肥硕的老鼠被夹住了，还在拼命挣扎吱吱叫唤呢。我的心也像被老鼠啃着的床脚，奇痒难耐。我早早就醒来了，瓦屋顶的亮瓦还没有一丝白光，我跟往常一样，挥舞着火把迫不及待地到高飞家敲门。他们家却人去楼空，大门被一把铁将军冷酷地把守着。我呆住了，全身的热情顿时消散，熊熊燃烧的松油火把仿佛猛然冷却，取而代之的，是满身、满肚子的委屈、愤怒、无奈和无助。

我扔掉火把，狠劲地踢着自家早已敞开的大门，爸爸早已起来了。平常这会儿他都还在睡觉，今天起早床，肯定是为送二叔他们一家的。看来，爸爸是知道二叔一家要走的，只是他认为这些事跟我毫无关联，没必要告诉我们小孩罢了。

踢完门，我把怨气发到爸爸身上。"既然你知道，为什么不早点告诉我呢？"

爸爸对我的怨恨不屑一顾，继续用那像老牛牙齿一样的楠竹枝扫帚，扫院坝里被霜打得硬邦邦的瓦砾和石子。

爸爸不理我，我咬牙切齿无处发泄的怨恨又抛向了二叔。那天早上，我饭不想吃，学不想上，甚至连最期盼的过年也觉得没什么意思了。

恨完二叔，我又恨高飞，我的情绪低落到了极点。

把所有我觉得该恨的人都恨完了，爸爸见我还是气鼓鼓的，倔得像头牯牛，就拿了好吃好喝的来哄我。又说："高飞也是小孩，本来就该听大人的，难道还反了他老子？"

"高飞要听大人的，那他大人又听哪个的？他是大人就要听土地的！放着屋后那样大一块好地不种，非要跑到海南岛去种杧果，还要先开荒山，他一家都是大傻啊！杧果不能当饭，也不能喂猪，一屋的傻货！"我放了一阵连珠炮。

"混账！"平常不爱和我较劲儿的爸爸突然大吼起来，我才想起，大傻是爸爸小时候的诨名，一直到现在，一些上了岁数的人还在叫。我吐了吐舌头，差点偷偷乐了，我心里说爸爸我错了，即使说二叔傻，也只能说是二傻嘛。

一气之下，我把好吃好喝的全倒进了院坝外边楠竹林的狗槽里。我家的狗名叫飞机，这个名字当时还是我和高飞大方地从名字里一人抠出一个字送给它的。起了这个名后，整天和我们形影不离的飞机果然更生猛了，飞机一样跑得飞快。而平常在村里就耀武扬威、不可一世的我们，更是所向披靡了，这一大半都是飞机的功劳。

倒在狗槽里的东西很快被飞机吃完了，它卷着舌头，先是从左到右，然后又从右到左，舔嘴咂舌地将嘴角的残食回味了一遍，又殷勤地用温热的舌头来舔我的手，舔得我麻酥酥的，又摇着尾巴用狗头来蹭我的裤腿。要在平常，我会很乐意和它戏耍一番，今天，它却蹭得我心烦气躁。我一脚踢在狗屁股上，兴许是卵子被踢到了，飞机嗷嗷嗷地哀号起来，用无辜的眼神眼巴巴地望着我，夹着尾巴一瘸一瘸地逃开了。

踢了狗卵子，我还不解气，干脆将飞机的名字也改了，改成了高飞，又把高飞改名为飞机。这样一互换，把一向严肃得跟戴着老花镜的数学老师一样的堂嫂也逗乐了，堂嫂说："你这样一改，还不把自己改糊涂了啊，到底哪个是飞机，哪个是高飞哦！"

我在鼻子里冷哼了一声："我才不管！高飞这个狼心狗肺的东西，他这辈子就只配和狗纠缠不清了。"

刚开始，我也担心把这两个家伙叫混了，毕竟一个是人，一个不是人。但事实上，在我心里从没把他们叫混过。踢了狗卵子又改了狗名后，我对飞机的恨意消除了一些，虽然还没达到原谅他的地步，但我时常会厚着脸皮想他，想他到海南岛种杧果，还会不会去读书，他长高了没有，他走的时候到底想过我没，想过我们一起去安的捕鼠夹没，更重要的是，现在忘记我了没。想了一阵子，我又继续恨他，我才不管他那么多呢，即使他过年再回来，我也不会见他了！

鬼使神差，我却悄悄对过年充满了期待。

然而，高飞并没有给我"不见"的机会，因为过年，他根本就没有回来。

那时候，过年是一件很重要的事，即使你在外面讨口，边讨边哭也要走回来。过年不回家，就意味着你放弃家了。在我小小的记忆中，还没有谁过年不回家呢，高飞一家算是开了个头，所以这是一件很严重的事。

不光这一年过年没回来，后来的很多年，高飞过年都没回来。偶尔中途回来过，也是来去匆匆，擦身而过，说句话都难，更别说叙旧了。也有能说上几句话的机会，但例行虚假的寒暄没完，他又走了，你说气不气人。我想，他们肯定是在外面杧果生意做大了，二叔当了大老板，高飞成了"少东家"，不要我们的高家老屋，不要我们这些土包子老乡，他肯定是娶了海南老婆，要在海南定居了。

但我还是不甘心，总想找个机会和他聊聊。其实不光是高飞，我想和我所有的小伙伴们都聊聊。过年，有些人回来了，但都是在牌桌上见高下，缭绕的烟雾里，一双双眼睛瞪得比二筒还大，都一门心思摸着满桌子的方块，之前的事，谁也没有说起。仿佛坐在一起的，都是在茶馆里认识的老麻友，丝毫没有伙伴之情。虽然人坐在一起，但他们的心正离我远去，这，比不见还要去得远。高飞，成了我最后一线希望。

时间像个和事佬，当你需要机遇时，它利用成长给你机遇，供你挥霍。当你用尽机遇，感叹时间跑得飞快时，它又假惺惺地抹着泪眼帮你后悔。

但谁都是先踮着脚尖在渴望成长的凝望中，先抓住机遇的，我也不例外。8月份，我和未婚妻准备去拍婚纱照，可供选择的，有好几个地方，我果断选择了海南三亚，费用却要高出两千多块。

未婚妻说你傻呀，有优惠的地方不去，非要跑这样远，好多费用都要自己出。我说三亚景色好，我们从来都没去过，当然去三亚啊。她其实清楚得很，我选择三亚，肯定是因为高飞在那边。我确实早就计划好了，这一次，肯定要去看看，看看这个抛弃家园和伙伴的无情鸟，到底过得怎么样。

照完相，我们第一时间就去了高飞那里，他的果园在离三亚城区 40 多公里的一个山村，汽车颠簸了大半天才到。刚开始的时候，我盼望着车子能开快点，再快点，早点到。可车子到达杧果园，就要真正见面了，我却有些紧张，害怕尴尬。

好在高飞果园的活儿很忙，我们的见面，没有想象中的尴尬，但也没有想象中的热情。电影里那种老朋友重逢的拥抱和热泪盈眶的场面，没有在我们两个当中上演，甚至连普通的握手都没有。急切的盼望后，我反而冷静了，伸不出手。高飞也只是木讷地说了句："来了，嘿，来了，好！"又赶紧招呼我们坐。

高飞稍稍接待了下我们，又投入了紧张的劳动中，施肥、锄草、打枝，很快就隐没在花花绿绿的杧果园里。本来请了十多个季节工，但什么事他都还要亲自张罗，曾经构想了多少次的"高氏杧果庄园少东家"的形象，一点都没凸显出来。

未婚妻在一旁暗暗撇嘴，我知道，她肯定想说不该来，早就说了的，这下受冷眼了吧。

我也有些意见了，我们多年不见，你的农活就这样重要？我一直闷闷不乐，直到晚上，和我喝了一杯后，高飞的话才稍微多起来。他说："兄弟，你晓得我上到四年级就被撵出来了，文化不够哇，现在杧果价钱不好，种植的人又多，生意不好做啊，一年就落个打工钱！"

这个时候，我才端详起眼前这个"飞机"来（很抱歉，狗的这个名字已经在我脑海里形成了固定印象）。在他身上，已看不到早年那个英俊、机灵的高飞的影子，他黑、瘦，自来卷的短发丛里，不知藏了多少草屑和尘土，仿佛出来这么多年，他都没洗过头。

"飞机，咱再干一杯！"

"飞机？"他瞪大了眼睛。

"是的，飞……飞机！"看来他早就忘记了我和他一道起过名的狗，忘记了我们的童年，忘记了我们一起在村子里耀武扬威、所向披靡的日子。

"我是说，你这样忙，我们要早点预订回去的飞机票呢！"我赶紧改口。

"嘿嘿，是有点忙，下次，下次回去了我们一定要痛饮一场！"

"一定一定！"

我还没说完呢，高飞突然拉住我的手，要和我道别，他说："你都看到的，现在是打整果子的关键时期，明早要起早床，今晚就不陪你们，我先去睡了。今天要不是你们来，我早就睡啦！"

我感觉这道别太快、太突然，既然来了，至少一醉方休啊。但我也只是说："既然你明天有事，那就睡吧。"

高飞睡后，我在床上翻来覆去睡不着，早年那个高飞的形象一再在我脑海里闪现，他的高大的少东家形象在我脑海里慢慢坍塌，取而代之的，是不堪的重负和艰辛。我对他的恨意快速消散，甚至决定原谅他。因为，在我看来，他过得并不如意，他不回来过年、不和我叙旧，也不是完全在躲我。倒是那些回来了却只对牌桌专注有加、对童年友情视而不见的家伙，不值得原谅。我应该把对高飞的恨意，全都转移到这些家伙的头上。

两个月后的一个晚上，我正准备睡觉了，突然接到高飞的电话。我好一阵惊喜，高飞终于想起我了！更让人惊喜的是，高飞在电话里说他回来了。妻子听说是高飞，也很高兴。

"你几个人一起回来的？来我这里嘛，现成的床铺呢！"我有些激动，赶紧把具体地址告诉了他。

"我……我一个人，我就不来了嘛……"高飞的声音仍然是上次在他家那样不紧不慢，却夹杂着难以言表的低沉和哀伤。我想，高飞肯定是坐车累了，他一定又是坐的最便宜的硬座火车，高铁他舍不得钱。

我着急了："怎么能不来呢，多年难得聚一次，况且上次我还大老远专程跑去麻烦你，你我这关系，就别客套啦！今天，说什么你都要来！酒早就准备好了。"

"真的不来，你们还是早点睡嘛！"高飞也急了。

我不知道他急的什么，看来他并不是客套，难道他根本就没想过要来我这里，和我根本就没什么感情？或者，他是另有隐情，比如，背着老婆悄悄带了"女朋友"回来，或者早在外面和别人有了什么约定，给我打电话，只是出于礼貌性的告知？

但后一个或者，立即被我排除了，高飞这样一个连出租车都舍不得坐的人，肯定不会在外面多花钱、乱花钱的。

高飞说他住在离我们家不远的"新月宾馆"，我说这样吧，反正不远，既然你不愿意过来，那我们过来看你。

"这个……这……"高飞还在支支吾吾，被我强势、直截了当地打断："你什么都不用说了，我们已经出发了！"

出门前，我顺手抄了一根擀面杖，万一他遇到什么不测，可以先挡一阵，如果事情大了，就报警。

到了宾馆，房门开着，只见高飞一个人正襟危坐，盯着电视的广告眼都不眨一下。见到我们，他有些慌张。

这是一个两张床并排的双人间。进门后，我并没先和高飞打招呼，而是警察办案一样，机警地在房门背后、窗帘里面、卫生间等地方扫了一眼，没有发现什么异常。靠近门口的那张床整整齐齐的，看样子他真是才到，没有动过的痕迹。妻子朝我使眼色，原来靠窗户的那张床上，被子里面鼓鼓囊囊的，不知道藏了什么。

"当真你是一个人回来的？"

"嗯……一个。"

咦，装得还真像一个人在房间呢。好你个高飞，不愿意到我家去，原来是干这样的勾当啊！虽然是刚刚见面，但我仍然有些生气，站起来要走的样子。高飞急了，立刻拦住我们。

"不是一个，我们……我们是两个人回来的！"

我彻底对他失去了耐心，想不到我的好伙伴高飞是这样的人，他在外面肯定是学坏了。

"你听我解释，不是你想的那样！"他也看出了我对他的怀疑和失望，主动扯开被子，原来是一个皮箱。

"一个皮箱犯得着藏这样紧，难道里面装的是钱？"

"嘘……"高飞把食指放在唇边，放低声音说，"这不是一般的皮箱，里面装的也不是钱，是你的二叔！"

"什么？二叔？"我一下惊呆了，一个大活人，居然装在皮箱里？

"不是大活人，就在几天前，你二叔出事了……"高飞虽然很激动，但仍然抑制着情绪，他示意我们坐下来，听他慢慢讲事情的经过：

"那天下午，我在家用货车往外运修剪掉的杧果枝和一些垃圾，那天天气很好，活不当紧，你二叔也难得休息一天，就想出去钓鱼。你二叔从小就爱钓鱼，也是难为他，这么多年他都没有享受过这个爱好。但是你二婶不让他去，说家里这样多事，你偏要跑，钓鱼比打整果园还重要？

"你二叔本来心情很好，钓竿啊小胶桶啊鱼饵啊这些都准备好了，听你二婶这样一说，有些不高兴，就回了几句嘴，说：'你忙财，忙了几十年，什么都没捞上一个，还不是狗脸糊泥的命！'

144

"你二婶一听火了，将正在扫垃圾的扫帚和垃圾撮往地上一扔，较上了劲：'就是跟了你这样个穷鬼，害得老娘一辈子受穷，你去钓，去钓，去了就不要再回来！'

"面条已经端在桌子上了，你二叔准备吃了面就出去，这样一闹，他面也不吃了，提起桶就头也不回地走了。

"他们吵架我已经习以为常，每次他们吵我都懒得劝说了，几十年都过来了，不吵才不正常呢。

"你二叔出去后，我继续转运垃圾。平常，他俩吵得再厉害，过一会儿就没事的，今天特殊，到中午了，也不见你二叔打电话回来，你二婶也不主动给他打电话，我想我还是应该给他送点饭过去。

"你二叔钓鱼的水库离杜果园不过七八公里路，但由于道路坑洼不平，还没有硬化，我开车将近二十分钟才到。我停好车，拿出准备好的饭菜，却被眼前的一幕惊呆了。你二叔甩出的鱼竿挂在上面的高压线上，人半蹲，仍然保持着握竿的姿势，却全身焦黑，身体早已僵硬如棍子了。"

原来是这样，我鼻子一酸，眼泪就流出来了，二叔啊！

我迫不及待地打开皮箱，那个黑色的小木匣子外面，放着二叔的黑白照片，照片上的他一脸羞涩的笑。高飞说，这个照片是在他身份证上扫描下来的，他已多年没有照过相了。

见我难过，高飞倒过来劝我，你二叔出事那天，我跟他一句话都没说上呢。在这里你不要太声张，不然，这个宾馆肯定是住不成了。

我只得强忍悲伤，立刻给爸爸打电话。爸爸很快就赶过来了，大年初一都舍不得休息的他，第二天就到老家帮忙料理二叔的丧事去了。

二叔是爸爸小时候最要好的朋友，好得就像儿时的我跟高飞一样。我那些消失的伙伴，大多只是隐藏和耍赖，他们迟早都会回来的。但爸爸的伙伴们，却大多已消逝，灰飞烟灭。要说爱和恨，他应该更有资格。

想到这里，我不由得放弃了对所有伙伴的怨恨，全转化成思念和祝福。他们的逃避和消失，肯定是被什么在无情地追赶，大家都被追得面红耳赤，被追得泪流满面，被追得焦头烂额。仿佛一停下来，就会被一脚踩得粉碎，一点喘息的机会都没有。等有机会放慢脚步，停下来喘口气了，周围的一切早已物是人非，所爱的所恨的都已不知去向。

到这个份上，我只能把原定的能再见到他们的时限由"等结婚了再说"，或是"等孩子大点了"之类考验自己耐心的词汇再改一改，改成"都不用劳累了""休息了再说吧"之类的一辈子的长远计划，再不济，等躺下后见面叙旧总可以吧？

在外面辗转了这样多年，二叔终于回来了，被葬在他家屋后的那块菜地里，这次，他听了土地的安排。

我有些担心爸爸的情绪，过了几天，我去看他，我先是躲在他的炒货店外面，偷偷观察他。午后，店里冷清得很，他正坐在柜台前眯眼养神，屋里飘出一阵轻柔、恬静、无奈又透着淡淡忧伤的女歌手的声音，这声音是那样入耳、入心，仿佛从魂牵梦绕的遥远的童年传来：

"一声呼唤儿时的伙伴 / 梦已离开一切又回来 / 一声呼唤儿时的伙伴 / 云儿散开笑容又回来 / 我的伙伴呀 / 你还是那么地可爱……"

歌曲快放完了，我才走进屋去，我想应该安慰他一番，叫他不要伤心了。爸爸却先开口了，他不紧不慢地说："你来了就进来啊，躲在外面偷偷摸摸的，算什么事！"

我还没开口，爸爸又说："你说人和人之间，一辈子不就是个伙伴嘛，老辈子都是这样来的、这样走的，你我之间也是伴，哪天不烫热了，说散伙就要散伙。"

我正要插话，被爸爸止住了，他又说："好久抽个空，你我再回老家一趟，我也要找一方你二叔那样的好地。"

我心里突然被烦躁、忧伤和惧怕充满，爸爸今年才六十四岁。

水师傅

水师傅不姓水，姓甘。

老家人好起诨名，比如姓熊，他喊你老爪。姓羊，他叫你老骚。你腿脚不灵便吧，他偏喊你歪师傅。骂了人戏了人，似乎还带了点隐喻，又气人又笑人。

水师傅是砖匠，以前专给人砌那种最老式的房子，平板，或者平板上面加层。两楼一底或者三楼一底，都是一道大门，旁边两扇窗。讲究些的，大门边再开一道耳门，远远看去，如一件方方正正的中山装，兜是兜，领是领。

水师傅的老婆本来身体就差，生儿子那年受了风寒，体质更弱，从堂屋走到灶屋都累得上气不接下气。水师傅手艺不错，中途经常要回去给老婆熬药、做饭，主人家就觉得他水，不光为人，连他的技术也信不过了。隔三岔五，他只有做一些修坟墓、填屋基、筑院坝的零星活。

去年，老婆没了，在县职教中心上学的儿子也快毕业了。水师傅总算松了一口气，终于，可以像个真正的砖匠一样放开手脚干了。

手脚可以放开，心却不敢真正落下来。为了给老婆治病，家里连一条烟的钱都没存下，倒还欠下两万块钱。儿子快二十岁了，也到了伸手要老婆的年龄。

　　有几个老乡在西安那边做砖活，听说大工每天能挣三四百，小工也要挣两百多。水师傅心动了，跟着大伙到了西安。

　　老板一听说是熟手，直接就让他上岗。人家砌，水师傅也在砌，人家砌了五斗砖，他也砌了五斗，人家砌了一米高，水师傅也不落后。技术员很高兴，拿来尺子一靠，再用红外线一扫，眼神却一下就变了。

　　水师傅是老手艺，在老家没有谁跟他较真，只要房子不垮就算过关，从没管过什么技术要求和行业标准。

　　"看起来都一样，凭什么他们的好，我的差？"水师傅不服气。

　　技术员也不答话，抬脚一蹬，人家的纹丝不动，水师傅砌的墙，灰浆里好像没搭水泥，哗啦啦倒一大片。

　　技术员也不撵他，反而宽慰："水师傅你还是可以留下来，先做个小工嘛，眼睛放尖一点，看看他们的搞法，等你钻透了，我们还让你当大工。"

　　水师傅不。他觉得自己脸上无光，还丢了带他出来的老乡们的脸。他离开大工地，到附近散建户的工地上找活。同样是做大工，只是这里的大工，和大工地上小工的价钱差不多，还不一定每天都有干的。

　　大半年下来，钱没挣到几个，腰杆却累得不行。每天都是晚上睡一觉，当天的腰痛刚刚消失，早上起来又要面对第二天的腰痛了。

　　一天，儿子的一个电话，让他在腰痛的基础上，心又被螺丝一样拧紧了好几圈。

　　"老家有人承头修老祖宗的坟，要我们家家都投钱，让我问问你修不修？"

　　"羞，当真是羞仙人哦！"水师傅正站在墙边的竹跳板上挥舞着砖刀，用力砍一个半截砖，砍了七八下也没砍成自己想要的形状，十分恼火。他将含着即将烧到嘴巴的烟屁股一口唾到地上，挂了电话。

第二天，又有人打电话来，还是说修祖坟的事。水师傅更烦了，但来电话的是孟林，水师傅一下子不说话了。

孟林是本家侄子，在外面搞工程挣了不少钱，修祖坟就是他的主意。说穿了，就是想光宗耀祖，扬个名。但他扬名，却是把整个小村庄同姓的人都捆在一起，他出一小部分，其余大部分按人口平摊，并不是他一个人出钱。

水师傅本来想说自己还欠债，家里房子没整修，儿子说媳妇的事也还悬在天上，活人的事都是一个烂摊子，哪有精力操心死人的闲心啊！他还想骂，骂孟林没什么事，一天净瞎搞，自己好过了，就不管别人死活。

但他说不出口、骂不出口，给老婆医病欠下的两万块钱，就是找孟林借的。人家没找他要利息，快两年了也没催他还。他就问："修祖坟的承包人找好没得，让我来搞可以不？"

孟林说："幺叔，这个恐怕不行，我们请的是县里面的建筑公司，还专门搞了设计，预算要十万出脚。"言下之意，你还不够格。

孟林又很照顾地说："不过哎，我可以给他们说说，让你来做小工，150一天！"

"你们想要怎么搞，就先搞嘛。"孟林没有说支持，也没有说反对，算是默许了。

年底，儿子打电话来说："祖坟修好了，人家要结账，按人头算，我们家刚好2500元。"

"有明细吗？账目公布了没得？"

水师傅想起前年孟林的哥哥孟清承头清公家的堰塘，也是一家出了1000多元，结果堰塘溃了塘，整成一个烂尾工程，再也装不稳一滴水了。

好好的一口塘，还不如不挖，现在塘里树都长到碗口粗了，每次看到都是一块心病。

儿子说公布倒是公布了的，反正我也看不懂。

"那我们先欠起，等年底找老板结了账再给！"

"不行呢，其他人都出了，我们这个钱要给师傅当工钱，你不给，人家师傅就不走。已经有人在说我们了，不是说我们修不起，是说我们修个祖坟都不积极，孝心哪里去了！"

"孟林哥说了，如果暂时不想出这个钱，就先把那两万块还了。"儿子又说。

水师傅紧了紧砖刀，咬咬牙，朝那边大工地望了一眼，他决定等这几天搞完了，还是回到那边去。一定要学好技术，现在才43岁，还来得及。

水师傅想，学好了技术，我就可以挣400元一天的工钱。一个月一天都不休息，就可以挣12000元，一年一天都不休息，就可以上10万元了。给了2500元的修祖坟钱，把2万元钱债还了，再把房子整修整修，给儿子说一门亲事。如果再有富余的，把老婆的坟好好修一下。结婚时那样乖巧的一个女人，在生没住过一天像样的房子，现在又憋在那样小的一方土堆里，墓碑没得一个墓碑，死了连脚都伸不直。

想到这里，水师傅浑身都劲鼓鼓的，腰不痛了，心也不紧了。

桃花依旧笑春风

在以桃著称的重庆市开州区郭家镇毛成村，一个善良的独居老人，在亲兄弟去世、弟媳改嫁并带走年幼的侄儿后，种植大片桃林，给养女起名"桃花"，用爱心延续着"桃花根"。桃林在，希望就在，桃花在，爱就会一直盛开……

——题记

守全是和娘一起离开毛成村的，那时候他还不满五岁。

临走前，守全拽着自家门前那棵桃树问妈妈，为什么要走呢？

妈妈温和地看了看面前的中年男子，说："爸爸不在了，咱就要跟新爸爸走。"守全说："家在啊，我为什么要走呢？"

妈妈顿时不高兴起来，却不时地将温热的眼神递给这个男人。"妈妈要跟新爸爸走了，新爸爸那里就是家。"妈妈说着指了指山外。高个男人也附和地朝守全点了点头。

守全拽着的桃树一米多点，是大伯昨天新栽种的，比守全高不了多

152

少。守全一搂，纷纷欲睡的桃叶无力地翻腾着。

妈妈怕中年男子生气，硬搂着守全往外走。

大伯往守全怀里塞了几个烫热的烧苞谷，轻轻抚摸着守全的头，又轻轻抚摸了一下已经停止摇晃的桃树，抹着润湿的眼睛哽咽着说："守全你以后要常回来啊，你的根在这里！"

守全不明白根是什么，但他觉得那棵桃树就是自己，爸爸没了，大伯还在，爸爸和大伯是不是一条根的呢？

大伯是个单身汉，本来是准备将守全留下来自己养的，但他怕弟媳不同意，更怕养不活。年龄大了，糊口都难，以后还拿什么供他读书，给他娶媳妇呢？

守全是大伯唯一的亲人，守全走后，大伯心里空落落的。

第二年，大伯收养了个小女孩，给她取名桃花。

守全走后的每一年里，大伯都要栽种桃树。第一年是一棵，第二年两棵，等门前的桃树数也数不清了，大伯想，守全一定长成个大小伙了。

门前的桃花开得艳艳的，有绯红的，有粉红的，还有白里透红的，像女孩儿张开的小嘴儿，一翘一翘的。

大伯怀疑自己老了，不然，数了半天，怎么老是没数清楚呢，桃树到底是八十六棵还是九十七棵，甚至连桃花的颜色也越看越模糊，摸不准到底是哪一种颜色了……

大伯又想，这么多年，守全怎么就没回来过，那个男人，会对守全好吗？守全过得怎样，还活着吗？如果活着，他念过书吗？

大伯呆坐在桃花林里，想得头疼，大伯最担心的是守全把这里忘了，他还会记得这里，记得他的根吗？

大伯的叶子烟燃了一锅又一锅，家里的炊烟起了一缕又一缕，和村子里的其他炊烟连到一起，和村里的狗叫声、农人们的吆喝声、锄头磕着石头的声音以及锅碗瓢盆的交响连到了一起。

大伯坐不住了，他想，明天一定要到守全的那个新家走一趟。

如果是守全自己故意不回来看看的，就要替他爸好好教训他一顿，骂骂这个不孝儿子。如果是那个男人对他不好，就跟他干一架。

想到这里，大伯咬了咬牙，紧了紧拳头，就像自己才二十岁。

大伯大踏步往屋里走去，女儿桃花已经将饭菜端上了桌。看到老人雄赳赳的举动，桃花有些想笑，她给老人倒了二两烧酒，说喝吧喝吧，喝了全村的牯牛都不是您的对手！

第二天一大早，大伯叮嘱桃花看好桃树，然后霍霍地磨着柴刀。桃花大惊失色，爸爸你要干吗，当真要去打架？

大伯将磨得飞快的柴刀别到腰上，说小孩子懂什么。

父女俩一阵拉扯，谁也劝不住谁，桃花说这样吧，既然您执意要去，带上我一起去吧。

大伯想想，如果桃花去了，那就只是去看看情况，看到守全就行。万一不妙，赶紧服软。山路不好走，柴刀就砍路。于是同意了。

大伯一切准备就绪，又坐到桃花林里抽烟，眯着眼透过桃花缝往前看。突然，被另一双眼睛挡住了。

那双眼睛是那样地慌乱、急切、落魄。大伯问："你是谁，你找谁？"

年轻人看着满园桃林，又看了看大伯，满眼忧伤、委屈、欣喜！他哭喊着："大伯大伯，我是守全啊！"

大伯两眼一热，叶子烟锅掉在了地上。

大伯抱住当年守全拽着的那根桃树，大声喊："守全！守全！"守全扯着大伯的衣袖说："大伯我在这里呢！"

守全红着脸说："以后我就在这里，不走了，陪您！"

"当真？"

"当真！"守全指着院子里的桃树，调皮地说我不但不走了，我还要娶桃花为妻！

大伯笑了，咱这满院、满村的女子都叫桃花，你要娶谁？

守全也笑了。

桃花从屋里出来了，喊大伯吃早饭，桃花已经长成了一个大姑娘，桃花儿一样好看。

母亲的旅社

母亲的旅社很小，70来平方米堆满杂物的房子里，多摆了几张床。

来住店的都是些从乡下来的年龄较大的底层人士，有算命先生、锣鼓匠，还有随着季节卖时令蔬菜兼卖鸡鸭蛋的小贩。由于价钱便宜，旅社经常爆满，母亲不得不蜷缩到沙发上凑合着过夜。

母亲的旅社便宜到什么程度呢？这样说吧，面条涨到五元钱一碗，红薯都涨到一元二一斤，母亲好酒好菜招待着，吃住一天只收人家十元钱，要是光住不吃，一天给三元就可以了。

知道这消息后，姐姐、我、小妹都怄得不行，也气得不行，都说老娘是不是老昏了老傻了啊，你七十多岁的人了，还赔着笑脸做赔本的买卖，和那些房客相处得格外好。我们都按月给你寄钱，根本不缺钱花啊。妹妹远嫁他乡，我和姐姐也常年在外面，打电话劝了好多回，甚至要花钱给母亲请个保姆，都被她一口拒绝了。

阴错阳差，我们姐弟几个很少在一起过年，去年年前，我们几个商量好，说什么今年也要回家一起过，一来团聚团聚，二来当面劝劝母亲，别再做那亏本生意了，丢人。

当我们三家人从四面八方聚齐，母亲显得非常高兴，十多口子人挤在一起，母亲乐得合不拢嘴。更让我们高兴的是，母亲说再也不开旅社了，的确她也累了，该休息了。

我们在母亲那里住了十来天，该回去上班了。走的时候，一再叮嘱母亲，一定要保重好身体，差钱跟我们说一声就是。母亲把我们送到门外，眼巴巴地看着我们离去，突然她大叫：你们别忙走，等等！我们回过头去，还以为她老人家要给我们什么礼物呢，特别是妹妹家的俩小子，因为第一次来，立即跑上前去，向外婆伸出了手。母亲却把脸一横：你们还没给住店的钱呢！

什么，还要给钱？

大伙儿都感到不可思议，好不容易回来一回，在这住几晚还要收钱？老娘啊老娘，亏你开得出口哦！

姐夫从兜里抽出一百元，朝母亲手里一塞，这是我们家的一百元，不用找了。

不够！要给钱，你们每家得拿一千元！

本来我和姐姐都碍于面子没有声张，这下脸上都挂不住了：人家住一晚给三元就可以了，你竟然要收我们一千元？

说完，我们各自掏出十张百元大钞往母亲面前一扔，气呼呼地往小院外走去。走出小院，我偷偷往后看了一眼，发现母亲佝偻着身子，拄着拐杖颤颤巍巍地追过来了，上气不接下气地说：闺女们小子们，钱我不要，钱我不要啦，你们都别忙走哇！

母亲说着，手里的拐杖不停地颤抖。我赶紧跑过去搀住母亲，我发现她沾满眼屎的老眼里，竟然有混浊的液体在流淌。那一刻，我突然想起了一句古话：父母在，不远游。

父母在，不远游啊！

回到家的第二天，我分别打电话给姐姐和妹妹，我问，母亲开旅社，难道真是为了做亏本生意，而她收我们高额店钱，当真是在敲诈、刁难我们吗？好一阵子过去了，电话那头静悄悄的，她们谁也没有回答。

乡村故人三题

小时候，如果不是自己的至亲，我并没有觉得死人是件多么悲伤、多么恐怖的事情。相反，我和小伙伴们穿梭在悲痛得近乎麻木的忙进忙出的人堆里，兴奋异常。

因为做白事，我们可以吃上蒸得烂熟的腌菜扣肉，放到嘴里一抿，满口热油。可以拣燃漏的鞭炮，点燃了甩出去，"轰"地能将潲水缸炸出水花。更重要的是，我们可以放学了不去放牛，不去打猪草，如果运气好，遇上主人家大方，还可以看上一场录像甚至露天电影，村里故去人们的音形美丑，如电影画面一般，在脑海里一个个掠过。

王老婆婆

其实应该叫她王奶奶的。在我们的印象中，她是一个典型的"金刚钻"。个子瘦小，干活出奇地麻利、勤劳。天不亮就下地干活，摸黑了才回家做饭。

但我们都不喜欢她，尤其是我们这些小孩子，背地里从没人叫过她一声王奶奶，因为她又初出奇地勤劳，还很凶恶。

她家有一条老黄母狗，两排奶头垂在肚皮下甩来甩去，不知是不是常年哺乳小狗的缘故，格外地恶，所以，王老婆婆房前屋后，我们都不敢轻易靠近。

但狗再恶，都不影响我们惦记她家的鸡蛋大小的枣子和熟得晶莹红亮的甜葡萄。放学后的放牛、打猪草甚至做作业都成了我们心不在焉的代名词，每到枣子和葡萄成熟的季节，我们的心都徘徊在那一架子的老葡萄藤和棵棵长满刺丁的枣树上。

我们痛恨王老婆婆，因为她甚至比老黄母狗还恶。只要有空，我们都在她家周围转悠，明明是瞅准了她不在家，准备偷偷行动的，她却神兵天降一般，冷不丁不知从哪里冒了出来，狗还没开口，她恶毒的咒骂声却冷水一样劈头盖脸泼了过来，吓得我们胆战心惊抱头鼠窜。

由于我最小，跑到最后，情急之下踢到王老婆婆放在粪坑边的夜壶，摔了个狗啃屎，裤腿被老黄母狗撕了好几个窟窿，皮也被扯掉一块。现在想起来，脚都会微微发抖，就像一个患严重风湿关节病的人，每到下雨前腿脚都会隐隐作痛一样。但幸运的是，我没一下摔到粪坑里。

俗话说老虎都有打盹的时候，王老婆婆也一样，总有她顾及不到的地方，因为我们欣喜地发现，离她家房屋三根田坎远的地方，有两根枣树竟乖乖地挂满了红果儿，这让我们偷偷甜蜜好了几天。虽然我没能上树，只是站在树下望风，偶尔吃上几个从树上扔下来的青涩小枣，但我也格外地满足。

但是一天早上，当我们再去享受这隐匿的甜蜜的时候，却有一股恶臭传来，刺鼻难忍。那两棵供给我们幸福的枣树，竟然涂满了大粪，特别是下半段没有枝叶遮蔽的部分，全部被粪水覆盖了起来。枣树就像一个过于认真的油漆工完成的一件得意的漆具。

我们牙咬切齿。可恶的王老婆婆，一天那样拼死拼命地种庄稼，哪来的闲力气泼粪水呢？

一个初秋的上午，我和几个小伙伴结伴相约，到邻村打猪草。已临近中午一点，我们已经走出了老远，又渴又累又饿，人走得筋疲力尽，猪草却只盖住了背篓底。正当我们准备到嫁在附近的一个堂姐家里讨点吃的，顺便开口要点猪草，回去好交差的时候，突然遇见了同村的"长脚佬"二爸。那时候，属于典型的交通靠走、通信靠吼的年代，有什么事情全靠双腿。

"长脚佬"二爸说，他是到这个堂姐家去报丧的，更让我们兴奋的是，过世的竟然是王老婆婆！

"王老婆婆死喽，王老婆婆过世喽！"突然到来的这振奋人心的好消息，让我们措手不及，我们顿时欢呼起来。我们立刻忘却了饥饿和疲劳，忘却了猪草不够回家将会受到的惩罚，飞快地往回赶。沿途还不忘了得意地和相熟的小伙伴们宣布着这一消息，不多时就回到了村里，丝毫都不觉得劳累。

回到家里的时候，吹丧的唢呐已经呜呜咽咽响起，王老婆婆的至亲们或大或小或高或低或明或暗的哭声已经此起彼伏。他们抽抽搭搭地向前去奔丧的人们哭数着：王老婆婆从没享过一天福啊，她在世时是如何如何地勤俭，如何如何地持家……

但是，我们打心眼里鄙视这个勤劳的苦命女人。却又暗自高兴，幸灾乐祸地想，谁叫她那样凶恶那样吝啬呢，这下她躺在她那谁也沾不到边的木屋里，脸上盖满了黄表纸，再也动弹不得了吧！

刚回到村里不久，我们又让作为总管的三爷安排去比上午打猪草那地方还远的亲戚家借碗筷和盘子（那时候大型红白喜事都兴借东西接待客人），一溜烟就去了个来回。

据说，王老婆婆是在上午 11 点钟左右，死在从庄稼地里返回担粪的路上，距她家不到两百米。死时屎尿夹满了裤裆，脚下明显有蹬踢的痕迹，有人蛮有把握地说，她死于脑充血。

将王老婆婆送上山以后，不知怎的，她家的老黄母狗也长瘫瘫地蹲在了她家屋檐下，据说是被人毒死的。而我们，轻而易举地就吃上了鸡蛋大小的枣子和熟得晶莹红亮的甜葡萄。

再后来，没有了狗的狂叫和王老婆婆比狗还恶的咒骂，我们每年都能吃上鸡蛋大小的枣子和熟得晶莹红亮的甜葡萄，而且我和小伙伴们自家的枣子和葡萄也陆续结果和成熟了。

但是，我们却突然觉得没趣起来，一转眼，我们竟然该上初中了。

龅牙

由于我爷爷在弟兄中年龄最小，所以到了我这辈，我仍然是所有堂兄弟中最小的一个，哥哥们都大出我很长一截，甚至比我父亲都大出好几岁。龅牙就是其中之一。

顾名思义，他因两个大门牙严重外凸而出名。不知是天生嘴里把不住风还是怎的，龅牙格外喜欢耍弄嘴皮。好的、不好的，到他嘴里，全成了臭狗屎味。这些在村里还好，爱说爱笑的习惯让他赚到不少人缘，在他为人的高峰期，还被选为了生产队长，在近两百人的院坝会里高声吆喝。

但不幸的是，他将这个自认的好习惯带到了外出打工路上的火车上。那时候，还不怎么流行打工，龅牙约了五六人第一次远行，去新疆摘棉花。在火车上，龅牙看到一花衣瘦高个男子伸出两根手指，摆出钳子的姿势，正实心实意地往一个老头的夹层衣服里使劲。

刚好，花衣警觉的眼神不偏不倚，刚好和龅牙对上了。花衣一个劲地朝龅牙挤眼，龅牙不知就里，爱逗乐的老毛病又犯了，粗嗓门立亮了起来："把你那烂爪爪拿出来哟！"边说笑着，还有要走上前去，立刻被同行的阳春哥制止住了，花衣的行动被迫中止。

在那个扒手猖獗的年代，这是很犯忌的。龅牙哪里知道，以为这事就这样过去了，没想到他刚要下火车，就被人堵在厕所里了。

走出厕所，人们发现，龅牙被人揍成了花脸，长满络腮胡的脸上，看不出一块好地方，腿脚也软成了罗圈，不是有人扶住，早瘫软在地上了。

"嘴，流子娃拿出刮胡刀片，最快的那种刀片，要割我的嘴……我的嘴……"一阵折腾，龅牙嘴里更漏风了，而更让人揪心的是，他神志不清晰起来，他大声嚷嚷着，要去田里收高粱、种麦子。

据他后来回忆，当时来的流子娃不下十个，原本只多了一句嘴，只看了一个流子娃一眼，哪里就结下这样多的仇呢？

还没正式到达目的地，龅牙的第一次远行打工就正式宣告失败。

回来的路上，龅牙处于极度恐惧状态，一直捂住嘴，不敢吃饭，不敢闭眼睡觉。

到家后，情况更糟糕了，极度的饥饿和疲劳，让他奄奄一息。嫂子刘二姐给他请个八字先生算了一命："能打过四十二岁，他才算是你的丈夫哦，今年，你给他做个偷生，冲冲晦气！"

所谓做偷生，就是在本人全然不知的情况下，为他燃放比正常过生还要响亮的鞭炮，消除病灾，驱除鬼怪。在我们这里，男子逢三十三要做，遇上病灾久治不愈的，也要做。

那一年，龅牙三十六岁。那天晚上，噼啪作响的烈性鞭炮足足响了一个小时，更让我们想不到的是，当晚，我们破天荒地不走远路，竟然就在龅牙屋外的大坝子里，看到了梦寐以求的录像。这，让龅牙的儿子——比我还大一岁的侄子兼小学同学冬狗格外骄傲："我们家请的，专门给我爸爸演的录像，我们家请的！"

不知是因为龅牙家的虔诚感动了上天，还是因为做偷生的烈性鞭炮威力大，震慑了病灾，总之，在这之后不久，龅牙的病情竟然发生了喜人的陡转，精神状态好多了，只是嘴巴时不时仍然会哆嗦。

　　龅牙再次发病是在10多年过后了，本来我们早就忘记的。正是麦黄时节，满地都是收割忙碌的身影。本来应该早起抢收，但是那天早上起来，刘二姐发现，龅牙竟然握了一把斧子，红着眼问："你是哪个，你到底是哪个，我又没得罪你，你要割我的嘴巴！"

　　刘二姐这一惊非同小可，她什么都明白了，在邻居的帮助下，好歹抢下了龅牙手中的斧子，急吼吼地召回了远在外地的另外一个儿子。

　　但是，儿子们回来后仍然不济事。本来是打算送他到县里大医院检查的，龅牙却死活不去，他喃喃自语："我不去，你们要害我，我不跟你们走！"

　　不走不说，不知什么时候，刘二姐藏在柴草堆里的斧子，被他握到了手里，一副谁再劝他去医院，就要和谁拼命的样子。

　　如此持续了一个多月，家人们都很疲惫了，又因为危险，整夜整夜不得眠，害怕一不小心真的喂了斧子。因为这时候，在龅牙眼里，已经没有任何亲人了。

　　一天夜晚，小儿子冬狗趁龅牙不注意，用一根拇指粗细的绳子将龅牙捆了个结结实实。可以强行送他去医院了。

　　没想到这样一捆，龅牙竟有些清醒起来，冬狗抓住时机，跪在龅牙面前："爸爸，是我，我是冬狗，我是你幺儿！"

　　这一晚，龅牙出奇地清醒，他爽快地答应冬狗，你们今晚好好睡个踏实觉，我明天就跟你们去医院。一家人全过来了，围拢在龅牙面前抱头痛哭，这是欣慰的泪水、希望的泪水，龅牙似乎有救了。

　　第二天早上，请来接龅牙的长安车如约而至，当冬狗他们准备去将龅牙扶上车的时候却惊呆了，龅牙穿上了过年才舍得穿的新衣服，脖子上挂着绑他的绳子，悬挂在房屋的横梁上，身体早已僵硬了！

顿时呜咽四起。满屋的哭声惊动了四邻。冬狗两兄弟轮番向人们哭诉着："我们隔一会儿就要起来看看他，不是我们心狠不让他睡觉，确实是不敢松啊！"

冬狗哭得最厉害："爸爸都跟我们说好了啊，说好的今天早上就去看病，他怎么就说说话不算数啊！"

那一年，龅牙48岁。

这么多年来，村里只有他的丧事办得最沉重，因为他是上吊离去的，并且面貌让人相当不适。夜晚，村子里充满了骇人的气息，并且，这个气息缭绕在村子上空，多日不走。一个月、两个月，甚至半年过去了，人们再次路过龅牙曾经的家或是他坟墓周边时，浑身都有鸡皮疙瘩长出，后背一阵冷飞袭来，不由得加快了脚步。

刘二姐说，八字先生没有算错，龅牙已经是我一个人的丈夫了。

长得人高马大的冬狗，每次想起父亲都会流泪："父亲肯定是看懂我们心思了，怕我们花钱，其实父亲是最疼我们的了，他最听我的话，我给他套绳子的时候他一点都没反抗，我们抱头哭的时候，我看见他还流了眼泪的……"

有老人说，龅牙清醒那是回光返照，是最后的清醒，但往往这样都不是好兆头，送哪里医都是枉然。

中胡子

村里称呼人，都喜欢在名后面加个"胡子"。比如，这人叫什么什么华，人们就叫他华胡子，叫什么什么友，就叫友胡子。这让我想到一个谚语"嘴上没毛，办事不牢"，是不是成年并且有一定威望了，就有资格这样被人称呼了？因为我虽然已经20多岁，却从没有谁这样叫我。

大伯叫中胡子。在村庄里他个子最小，却是文化最高的人。在父辈的年代里，能完完整整上完初中，恐怕在镇上都数不出几个。

所以在村小教师资源匮乏的时期，大伯是最有资格成为村校老师的。当时掌管名额推荐的，是任村副支书的四爷，他是我们这支苏姓人历史以来任的最大的官。

本来已经说好推荐大伯的，却在当天晚上，被一个小学未毕业的黄姓小伙子钻了空，用一腿猪肉将四爷收买了，大伯的教师梦由此落空。

40岁那年，大伯外出打工，好不容易熬到年底，怀揣五千块现金回家，却在半路上遭遇抢劫，不是同行工友一把拉住，恐怕早就投河自杀了。

大伯一生满含悲剧，甚至在他死后还没能摆脱。

坐夜那天晚上，是我负责挂礼。让我印象最深的是，远亲近邻的礼都挂上了，压轴戏是他五个女儿。

气氛极不和谐起来。外面哀乐齐鸣，大伯平生唯一的一张照片——身份证像被扫描放大，镶嵌在黑色的相框里，面带微笑。这里却为挂礼数额多少僵持不下，五家意见发生了严重分歧。三女坚持送五千，并要求其他四个姐妹一样标准，老二、老四和老幺表示可以接受，几个女婿却闷声不开腔。老大家只来了女主人，且她家最不乐意掏钱，原因是为两个弟弟读书以及父亲治病，几姐妹已经拿了不少钱。今天挂礼可以写五千元，但只能记"主进"，意思是金额可以算进主人家的礼簿里，现钱却只能从主人家欠他的账里除。

挂礼的事好不容易解决了，几个姐妹却生起闷气来。

出殡那天早上，下起了蒙蒙细雨，以前抬丧的都是些肩挑背磨样样在行的精壮汉子，如今，面前这些抬丧的年逾花甲的老人，还是从周边东凑西挪组成的。初冬季节，人们抬着大伯的灵柩走在湿滑的山路上格外吃力。并不算长的一段路程，走了近一个小时，终于到了墓穴地，人们的情绪才稍微缓和过来。

有脸皮厚些的，开始说笑。一向以善言出名的黄老大对其中一个说："叶老七，今天我们抬了中胡子，下一个该轮到抬你了哦，趁我还没死，趁我们今天班子还在，你早点死嘛，哈哈！"

"我还没把你送上山，怎么会死在你前头，按年龄排轮子也是你先嘛！"叶老七不甘示弱。

大伯的儿子，堂兄财哥一直端着遗像，规规矩矩地跪在墓穴前，默默无语。想着父亲尸骨未寒，大姐家不仅没拿现钱挂礼，以前说好不算利息的一万元借款，竟也按 2 分的利息，趁机连本带利收了回去，财哥欲哭无泪。

大伯是我们父辈里最先去的一个，但他并不是年龄最大的一个，他的丧事终于办完了。

在家里，看着父亲佝偻的身影和母亲斑白的鬓角，又想起了今天看到财哥跪在大伯灵前的样子，我忽然意识到，父辈们都老了，陡然之间，他们的时代走向终结，我们的时代，已经来临了。

狗孝子

　　民国年间，云阳县云安镇流传着一个狗孝子的故事。当时，云安镇上势力最大的，是汪家和刘家。汪家主事人汪霸天打手起家，财大气粗，心狠手辣。刘家头人刘稼轩为资深古玩人，颇有积蓄，经常救济些被汪霸天欺得走投无路的人，深得人心，汪家因此视他如死对头。

　　腊月里的一天上午，刘稼轩儿子从省城军校求学回来，因新练了几趟拳脚，非要出去找武友切磋切磋。哪知一出去，竟把汪家横行一时的看门恶狗给打死了。

　　刘稼轩深知事情不妙，当即带了大洋，拉着儿子要到汪府登门道歉。儿子却死活不肯："那恶狗不分青红皂白张口就咬，不知祸害了多少老实人家，遇到我，它是罪有应得！"

　　见父子二人僵持不下，管家赶紧劝和："汪霸天欺人成性，这次更是得理不饶人，老爷你们这一去，汪家岂肯善罢甘休啊。"

　　刘稼轩仔细一想，管家说的不无道理，真要前去，保不准那家伙会使出什么下流手段。于是让儿子先去县衙备个案，自己干脆把玩起古玩来。

俗话说打狗还得看主人呢，听说爱狗丧命，汪霸天当即火冒三丈，咬牙切齿地要打死刘稼轩的儿子为爱犬报仇，操了家伙领着家丁就要去找刘稼轩算账，却被小舅子拦住了。两人咬着耳朵密谋了一番，一阵奸笑。

却说刘稼轩从晌午等到黄昏，始终不见汪霸天的影子，甚至口信都没带来一个，心里不安起来。正准备派人打探，却等来了县衙的传唤，让他和儿子明天一大早，到县衙接受审讯。

汪家控告他身为刘家族长，纵子行凶，打死汪府看门狗，不但要赔偿丧狗损失费一百大洋，还要刘家以高堂谢世的方式，为狗做七七四十九天道场，大办丧事。

接到传唤，刘稼轩倒吸一口凉气，自己破财事小，要是汪霸天阴招得逞，刘家大姓背上狗孝子的名声，世代不得翻身啊。情急之下，刘稼轩找到人称"鬼才"的侄子刘双喜商量对策。

刘双喜是当地有名的"整人王"，得知情况后，他将烟袋锅往桌上一磕，轻描淡写地说："这有何难，汪家有什么要求，你老人家答应就是，收场的事，我来处理嘛！"

刘稼轩暗骂，你这家伙真是癞蛤蟆打哈欠——口气不小哇，这节骨眼上，还跟我寻开心，我个人丢面子事小，刘家大小都不得好过啊！

次日早上，县衙升堂，"威武"之声不绝于耳。作为原告，汪霸天端坐在县大老爷旁边，一手摇扇，一手轻蘸茶碗盖，一副非要置刘稼轩于死地的神情。

被告刘稼轩一方到来后，衙门再次申明了原告的要求。县衙外围满了群众，都在指指点点，责骂汪霸天提的要求过分。

无奈之下，刘稼轩心一横，按"鬼才"的授意，将汪府提的要求全都答应了，就等县老爷裁决！

这下倒好，围观群众一个劲地替刘稼轩怄气，刘姓本家更是失望至极，纷纷骂刘稼轩父子无能，为家族抹了黑。

县大老爷也暗暗着急，他很佩服刘稼轩的为人，早上也从刘稼轩儿子口中得知了事情的原委，本想暗地里帮他一把，可这样一来，也不好帮他说话了。

眼看就要结案，县大老爷惊堂木一拍："原告被告，双方还有什么话要讲？"

"老爷英明，判决公正，我们无话可说！"汪霸天偷偷斜了一眼垂头丧气的刘稼轩，阴阳怪气地说。

就在县大老爷再次拍下惊堂木，准备宣布结案的时候，"鬼才"站出来了，他不紧不慢地说："原告汪老爷，你要我们刘家出一百块大洋，赔偿丧狗损失，这是应该的，为狗办丧事做道场，我们也没意见，但丧事是因为你们家死了狗引起的，这需要你们配合才行！"

汪霸天一听，眉开眼笑："这是当然，我们配合，一定配合！"

"那好。""鬼才"接着说，"你们都知道，按规矩出丧端灵，做道场守孝是孝子的本分，外人是不可替代的，那么，你们让谁来当这孝子，为死狗端灵牌呢？"

此言一出，全场顿时鸦雀无声。汪霸天清楚得很，为这场丧事端灵守孝，不就是给狗当了孝子嘛，这样的话，不管派谁端灵位，汪府上下，岂不都成了狗的后人？

"罢了罢了……"汪霸天忽然抽身站起，拂袖而去。汪家众多随从也跟着掩面离去，连一百块丧狗赔偿费也不提了。公堂外顿时欢呼起来。

有一种岁月叫尖刀

17 岁，我初中毕业已经一年了。多次思想斗争，我终于背着铺盖卷，灰溜溜地从广州滚回了自己的苏家村。我把老实巴交的爸爸撵出去给人当了和灰的小工后，厚着脸皮加入了补习班"初四生"的行列。

补习班的班主任刘老师是我舅舅的一个朋友，因此对我特别关照。由于我是典型的浪子回头，"社会经验"又特别足，刘老师让我当了补习班的班长。

由于家里很穷，我又在外面瞎浪费了一年多的光阴，就格外自卑。

我不敢正眼看那些有钱人家的子弟，更不敢看那些长得漂亮的女同学，感觉他们在我面前天生高人一等。刘老师就开导我："小苏啊，你是在外面跑过的人，凡事看长些，放开些嘛……"

正是情感青黄不接的季节，虽然内心里告诫自己千万远离那些不可能属于我的漂亮女孩子，但是不知道从什么时候起，我竟然恬不知耻地喜欢上了邻班的罗小倩！

罗小倩是一个乖巧懂事的女孩子，活泼开朗，能歌善舞，走起路来，

171

一对马尾辫翘得老高，咧嘴一笑，一对酒窝能把人甜醉了。

罗小倩是老师眼里的红人，是公认的校花，更要命的是，她家住在街上，是地地道道的有钱人！

迷糊中，我开始实施我丑恶的糊涂，我清楚地记得那是一个星期四的晚自习。

我将对她的倾慕，化作千言万语写在一张画有可爱卡通熊的纸片上，下课后，鬼使神差般托人将纸片交给了她。

信传出去了，却发现不知什么时候，我手心里已捏了一大把汗水，衬衣和后背也结实地沾在了一起。

我满脑子都是罗小倩甜甜的笑脸，至于老师讲的什么复习要点啊中考指南啊，我一点儿都没听进去。

直到晚自习放学的铃声敲响，我才后悔了。

我陷入深深的自责，我怎么就这样了呢？我将自己比作丑陋的癞蛤蟆，我在心里一遍又一遍问自己：你以为你是谁，你家有钱吗？你长得帅吗？你学习好吗？

心里有事，脚都不想洗。我一头倒在床上，正在分析后果时，忽然听到有人叫我的名字："苏毅，接电话，你家里打来的！"那时候还没普及手机，座机也是部分老师家里才有。

我纳闷了，我从来没有告诉谁刘老师家的电话啊，爸爸出去打工了，难道是大字不识一个的妈妈打来的？

走进刘老师家里，刘老师热情地给我让座，简单问了下学习情况后，就东拉西扯地讲起他的小时候来，压根儿就没提打电话的事。

我却不安起来，难道，我做的蠢事让他发觉了？

不可能，上一节课才做的事，不可能会有这样快，再说罗小倩又不是他班上的学生，凭什么他能知道。

忽然，刘老师话锋一转，严肃地对我说："给罗小倩的信是不是你写的？"

"刘老师您……您说什么？我……我没有……"我结结巴巴，惊慌失措。

"你别这样了，她刚开始说的时候我也不相信呢，我说怎么会是你呢？但后来我终于明白了，这是事实。"

我恨不能找个地洞钻下去。

"你很奇怪罗小倩怎么会跟我说吧？"

刘老师看了看我，陷入了深深的回忆："唉，回忆起来也很辛酸的啊，罗小倩的父亲是我的初中同学，读书那会儿我家很穷，住在老山上。而罗小倩的父亲家境好，他不但不嫌弃我们这些山上的孩子，还经常给我们带吃的和用的，甚至还给钱接济我们。所以现在他的女儿到我们学校读书，我各方面都很照顾她，她有什么话也乐于和我说。"

我恍然大悟，刘老师的另一番"审问"却又开始了。

"你家就你一个独生子？"

"不，还有个妹妹在读初二。"

"那你家里供你们读书还是很不成问题的吧？"

"借了很多钱，我爸爸现在还在外面打工呢！"

我看见刘老师的脸一下子就沉下来了："那你认为罗小倩有可能喜欢你，有可能吗？"

"唉，好了，现在什么也不说了，我心里也怪难受的，这封信就保存在我这里，毕业了再还给你吧，我保证不跟任何人说。但是我要奉劝你一句话：'请不要给她写情书！'"

我忽然觉得天旋地转，从刘老师家里出来，我真想从他们5楼的楼道上跳下去，但我终于忍住了。

我满脑子里回荡着刘老师的那略带笑容却又恶狠狠的警告："请不要给她写情书……请不要给她写情书……"

回到寝室，同学们都已睡下，我那不争气的泪水再也忍不住了。我蒙在被子里痛痛快快地大哭了一场。我的手紧紧抓住已被泪水浸湿的枕巾，我发誓我要记住今天的仇恨，我要以某种方式痛快地报仇。

本来就不善交流，仇恨和耻辱埋藏在心里，我变得更加沉默寡言了。

我机敏地注视周围人们的一举一动，只要有谁在我背后小声说话，我就觉得他们是在鄙视我："看，这就是那个暗恋罗小倩的不知天高地厚家伙！"

本来非常喜欢走人户的我，再也不敢到舅舅家里去了，我深信，他们一大家人肯定都已知道我那丢人现眼的事了！

于是，我的衣兜里从此就多了一把和手掌差不多长短的小尖刀，我发誓我要宰了那个给我仇恨和耻辱的混账老师，如果谁背后议论我，也一并宰掉！

但是我始终都没有机会出手，第二年，我顺利地考上了城里的重点高中，我昂着头，狠狠地舒了一口恶气。

我才发觉，其实我想要的咬牙切齿的报仇雪恨的方式，并不是那把手掌长短的小尖刀。

再后来，我又考上了大学，参加了工作，刘老师也不知道调哪里去了，那份永远都无法取回的保存在刘老师那里曾记录着我仇恨和耻辱的情书，却一直尖刀一样扎在我的脚底，勉励我不断前进，丝毫不敢停留。

跨越山海的情缘

"七条沟、八道梁，高坡土地不产粮；开门就见山，种田走半天，上学路太远，就医更困难……"曾经，住在开州区大山里的乡亲们不仅增收致富难，享受教育、医疗等公共服务更是难上加难。

千里烟尘书香近，异乡耕耘为振兴。为帮助重庆市开州区补齐教育、医疗、产业等各项短板，近年来，山东省潍坊市选派医生、教师、农技专家等专业人才前往开州，为确保如期啃下乡村振兴"硬骨头"提供源源不断的人才和智力支持。

一

2020年8月，天气酷热难耐，海拔2000多米的开州区北部山区却凉意正浓。连日来的大雨，致使道路垮塌，阻断了山里群众外出就医的通道。

一边是高耸入云的大山，一边是深不见底的沟壑，三四米宽的沙石小路依山而凿，车行其间，十分危险。从开州城区出发，经过近5个小时的车程，来自潍坊的医疗帮扶团队终于来到了开州区北部山区最偏远的谭家镇锦竹村。

"山东的大专家来搞义诊了，大家快来！"锦竹村义诊现场，吆喝声让村民们纷纷聚拢过来。

村民口中的山东专家，就是潍坊市选派的 14 位医疗专家。截至 2020 年 8 月，这批医疗帮扶团队已在开州开展了为期 14 个月的支医工作。中国微循环学会眼微循环专业委员会眼底病学组委员、潍坊市人民医院眼科专家刘珣，是这个团队的队长。

为解决山区群众看病难的问题，潍坊选派骨干医生，不间断地在山区进行流动义诊。

工作伊始，这个帮扶团队就针对基层特别是山区群众缺医少药的情况开展义诊活动。刘珣带领团队成员进村入户，了解村民最实际的需求，为他们量血压、听心率、查身体。义诊后，专家们还会同当地卫生院开展疑难重症会诊、教学查房、演示手术、义诊手术，以及医疗技术和医院管理相关业务培训。

为提供高质量的医疗服务，医疗帮扶团队的专家们早出晚归。在一次次下乡义诊中，专家们发现乡亲们的基本医疗卫生知识非常匮乏。

在大进镇，一位 50 多岁的村民步履蹒跚地前来看病。医生们询问得知，这位村民有多年的糖尿病、高血压史，目前已经合并肾病，全身浮肿。一测血压，高压 210mmHg，低压 140mmHg，医生一问才知道，他竟然多年没有好好吃药。

在满月镇，一位常年往返于城口县的货车司机，因一次交通事故，右眼遭到碰撞，"村医说让我去国外治疗，这不是要我命嘛"。

……

类似的故事不胜枚举。向群众宣传健康防病知识，不仅必要，而且急需，这是医疗帮扶队成员们的共同感受。为此，他们有意识地在临床和日常工作中多方位宣传，帮助群众树立健康意识，掌握健康知识，养成健康行为习惯，竭尽全力为当地防病赋能贡献力量。

由于地理位置相对偏僻，开州区内的基层医生外出学习交流的机会较少，医疗技术和治疗理念相对滞后。刘珣与科室带头人谭德文主任医师等人一起，带领当地的年轻医生通过同台手术、协同查房、分析案例等方式，促使开州区的眼科业务水平有了突破性的提升。

一股股暖流涌动在开州人民的心田，而这个医疗帮扶团队的成果，也已悄然转化。基层医生每一项技能的提升，老百姓每一个好习惯的养成，都让他们倍感欣慰。群众记住了他们，患者记住了他们。他们将博爱精神洒在开州这片土地上，以实际行动为开州人民的健康保驾护航，这些普通而又可爱、可敬的"白大褂"，将跨越千里的帮扶情谊镌刻在了三峡大地上，镌刻在了乡村振兴的伟大事业中。

二

让边远地区的孩子接受良好教育，是乡村振兴的重要任务和重要途径。在开州，一道道山梁就是一道道屏障，隔开了城市与乡村，也把先进的教育观念隔绝在大山之外。补齐开州区教育短板，是潍坊市优先考虑的问题。

近年来，潍坊市教育局与开州区教育委员会开展教育对口协作工作，全面开展困难学生救助资助、选派教师支教送教、中小学校结对帮扶、骨干教师和教育管理人员培训等协作工作。38 岁的马东正是选派教师之一。

到边远山区支教，一直是马东的心愿。所以，当得知自己要到开州支教时，他格外高兴。

马东负责的是温泉镇温汤井初级中学初三化学课的教学。然而，到欠发达地区支教并没有想象中那样简单。

受新冠肺炎疫情影响，开学时距离中考只有两个多月的时间，而化学是初三学生才接触到的课程，时间紧、任务重，这让马东倍感压力。

但马东二话没说，马上购买相应资料，结合重庆本地相应教材钻研教学。为了用最短的时间提高学生们的学习成绩，他利用课余时间，在课程设置、授课方式等方面下功夫，力求得到教学效果的"最优解"。在马东和学生们的共同努力下，两个班的化学成绩有了明显提高。

"马老师上课非常幽默，能够活跃气氛。自从他来后，我就对化学产生了浓厚的兴趣。"学生李歆杨说。

把爱心播撒到大山的每一个角落，让大山里的孩子感受到关爱，这是马东的心愿，也是全体支教老师的共同目标。老师马和良为支教学校筹集善款 1 万元，用来为学生购置学习用品，还为贫困学生捐助服装 20 套；老师肖俊为支教学校捐赠书籍 300 多本；老师侯燕主动承担起提升当地初中英语组教学水平的重担；老师安文慧在上课之余，还跟随学校慰问孤寡老人，给老人送上慰问金……

"来开州支教，我们身负开州和潍坊两地教育行业领导的信任。"潍坊支教团临时委员会成员殷德玺说，"我们全心全意投入到交流协作中，没有辜负这份沉甸甸的信任。我们深信，通过自己的付出，为大山里的孩子插上一双理想的翅膀，将来他们一定能成为建设家乡报效祖国的栋梁！"

三

春耕时节，在开州大山里，一群"土专家""田秀才"忙活了起来。高级农艺师张锡玉正是其中之一。

张锡玉是潍坊市派遣至开州区支农队伍中的一员，他在潍坊市寿光市农业农村局从事基层农技推广工作已有 7 年时间，具有丰富的蔬菜种植和农业管理经验。抵达开州后，他被派到开州区临江镇开展农业产业技术指导工作。

白池村位于临江镇东北部，路窄坡陡，很容易出现泥石流和山体滑坡等险情。

"我第一次进村，就遇到两回山体滑坡。"张锡玉说，"我暗下决心，一定要将自己的所长全部贡献给开州大地。"

近期，鲁渝协作现代农业产业园在临江镇建设完工。在产业园建设之初，张锡玉发挥自己的长处，将参与潍坊市寿光市蔬菜高科技示范园的建设经验介绍给临江镇，先后提出建棚和管理意见十几条。此外，他多次到当地蔬菜基地现场指导，帮助种植户解决种植过程中遇到的病虫害等一系列问题。

朱占祝是开州区晖春生态农业科技有限公司的负责人，公司鱼菜共生基地就毗邻鲁渝协作现代农业产业园。他利用"近水楼台先得月"的优势，时常主动邀请张锡玉到他的种植基地，指导技术。

"水温多少度？"

"12℃。"

"太低了，番茄根系生长最适宜的土壤温度为20℃至22℃，低于12℃，根系生长发育就会受阻……"

有了张锡玉的指导，朱占祝立即调整了自己的种植方法。

经过数月的交流，朱占祝从张锡玉口中了解到芽苗菜这一蔬菜品种。芽苗菜作为保健绿色食品受到广大消费者青睐，具有种植方法简单、场地不限、品种多样、生产周期短等优势，一年四季可采摘，并且投资少、见效快，多数芽苗菜全株都可食用，市场潜力巨大。

朱占祝心动了。于是，在张锡玉等支农人员的协助下，他派人前往潍坊市学习芽苗菜的培育和种植方法，并于1个月后开辟了两亩芽苗菜种植实验基地。如今，该实验基地每天可生产芽苗菜250公斤，市场上芽苗菜的价格高达20元/公斤，经济效益非常可观。

根据鲁渝协作工作安排，潍坊市选派的首批 10 名支农人员组团式援助，入驻开州各个乡镇。

"遇到种植户咨询问题，我们立即现场办公就地解决，不让问题拖延，保障种植户的利益。"潍坊市挂职干部、时任开州区政府党组成员蒋建新说，"这些'土专家''田秀才'为开州乡村振兴提供了人才支撑和智力保障，发挥了积极作用。"

从繁华都市到偏远山村，他们虽然奔赴"战场"、远离亲人，但是却在开州群众的心中播下了希望的种子。在乡村振兴的伟大征程中，这些种子将继续生根发芽、茁壮成长。

用巴掌疼爱我的人

我额角的一块月牙形的小伤疤，那是我才9岁时爷爷留给我的。

我小时候，父母都在外地，我和爷爷奶奶住在老家。伙伴堆里数我年龄最小，但下河摸鱼上树掏鸟我样样都来，更值得骄傲的是我会爬树，很多大哥哥都赶不过我呢。

那段时间正流行藏猫猫的游戏。可我总当不上"猫猫"，总找人家。不管他们藏到哪里，或是空的坛子里，或是在装了玉米的衣柜里，甚至就藏在老核桃树的背后，我总不能轻易找到他们。我总觉得他们在欺负我，不然为什么总是我找他们呢？

我流着鼻涕要哭的样子，我说不玩了不玩了，下一轮却又开始了。"铜瓢儿铁瓢儿，司仪指格杂儿，张家猫儿你——去——躲——"我们唱着谁也不明白意义的歌谣。可是当歌谣结束，二狗子哥把"躲"字点到我头上的时候，我不禁高兴得一蹦老高："我当猫猫，我当猫猫！"我想，这下我也得藏个隐秘的地方，保准你们找不着。

"这些笨家伙，他们怎么就没想到这里呢？"我躲在那里，得意极了。

过了好一阵子也没有动静。哼，看你们怎么找，我急死你们急死你们！

"回门打板哦，小小回门打板哦——"是铁桥在喊。按照游戏规则，实在找不着，可以投降，但人们要象征性地打几下认输者的手心。

哈哈，找不着了吧，求饶我也不理你！

喊声渐渐远去，渐渐地消失了，我却觉得渐渐地没趣起来。捉迷藏就是这样，如果你藏得太紧人们找不着你，哪来的乐趣呢？

不知道什么时候，我迷迷糊糊地睡着了，还做了一个梦：一只好大好大的老鼠正吱吱磨着牙，要咬我呢！我吓坏了……

我醒来的时候，嘴角正流着口水，脖子都打湿了，周围一片漆黑。真有几只老鼠用绿森森的眼睛望着我。我才想起这是在村子废弃了多年的红薯窖里。隐隐约约听见有人叫我的小名，焦急的脚步声传到红薯窖口，又无可奈何地远去了。

但我没有喊，我性子倔。还有一个原因——我怕爷爷。

当我又累又饿、有气无力地从红薯窖里爬出来，跌跌撞撞地回到家时，天已黑透了。爷爷正坐在椅子上一口接一口地抽着旱烟，眉头紧得像嘴吐出的烟丝。奶奶则倚在桌边数落着什么，灶上冷冷清清的，看来没有做饭的打算。

我的出现，让爷爷先是一愣，随即就扔下烟斗朝我扑来，蒲扇般的大巴掌就结结实实地拍到我的脸上："打死你个野小子，看你死哪去了，喊半天不答应……"

我"哇"的一声大哭起来，脚没站稳，一头磕在凳子角上，额头鲜血一冒就出来了。

奶奶也哭了，呼天抢地跑过来，一把抱起我，抽抽搭搭地骂爷爷："你个死老粗，劲儿小点不行啊你，人家还小呢，落下印记你叫人家以后怎么找媳妇啊，呜……"

爷爷呆住了。他看看我血流如注的额头，又看看自己扬起的大巴掌，不知所措。

奶奶大吼一声："快去找医生啊！"他总算回过神来，转身出去了。泪眼蒙眬中，我看见爷爷在捏自己的鼻子。

许多年以后，我还是找到了媳妇。并且自认为幸运地找到了对我很不错的媳妇。

后来回到老家，老有孩子凑上来，天真地对我和老婆说："哥哥姐姐我们来藏猫猫啊！"不知道为什么，我额角的小月牙就热辣起来，我想起爷爷蒲扇般的大巴掌、奶奶呼天抢地的哭声。然而，再也不会有一个用巴掌疼爱我、一个用哭声疼爱我的人了，在我参加工作的第二年，二老双双离世。想到这些，不知道什么时候，我已泪流满面。

"铜瓢儿铁瓢儿，司仪指格杂儿，张家猫儿你——去——躲——"

多年以后，当我们都两鬓斑白佝偻着身子，再翻开尘封的岁月，我们记忆中那些画面，是否还会清晰如这片月牙儿？

两粒豆子

一个粗心的农夫提着一竹篓豆子往田里走去，一不小心，脚下一滑，豆子撒落一地，有一粒被遗落在路边的草丛里。

豆子孤零零地蜷缩在草丛干涸的泥土里，艰难地生根、发芽，借着天然雨露，顽强地长出了一片片弱不禁风的叶子。

另一粒豆子，和伙伴们长在肥沃的田野里，天天接受着清水的灌溉和化肥的滋养，于是讥笑路边豆子："面黄肌瘦的小可怜，你祈求吧，求佛祖下辈子让你也降生到稻田里，长在田里的豆子才算是豆子！"

一天，紧挨着路边豆子的地方，竟然突突兀兀冒出了一座寺庙。寺庙香火旺盛，香客络绎不绝。路边豆子一天天长大，每有香客走过，都要抚摸一下它，天长日久接受香火熏陶，颇得佛缘。

看到这个，田里的豆子态度陡然转变，带着满眼的嫉妒和恨意，整日唉声叹气，我长势再好，又有什么用呢，一点灵气都沾不上，好事竟让那家伙占了！

却说路边豆子，由于香客众多，它的叶片，被大家你一片我一片摘去不少，主干也被扯得东倒西歪，一副病恹恹的样子。但它用残枝败叶，向每一位香客施散着最后一丝丝善意，它每一片叶子，都被人们小心翼翼装进衣袋、夹在书中，部分还被制作成标本，作为求佛纪念，永久珍藏。

正准备看笑话的田野豆子，再次失望了。由于心情郁闷，它叶片生虫、变黄、变枯。农夫非常爱怜，顾不上吃饭，为它喷洒了农药，又扯尽了周边的杂草，抚摸着豆子，满含期望："豆子啊，你千万要挺住啊，我家孙子的学费，还有给母猪催奶，都得指望你们呀！"说完，甚至还夸张地用手中的草帽为豆子扇了扇风。

田野豆子气急败坏："我不要你的假慈悲，我要的是万人瞩目的光环，而不是整天和你这粗野的农夫接触！"

一气之下，田野豆子找佛祖告状："佛祖啊，你也太偏心了，同为豆子，紧挨着你寺庙的，能受众人敬仰。而我们，只能被人碾细吃掉，甚至喂猪喂马！"

佛祖淡淡一笑："佛哪有什么地域和高低贵贱之分，自古以来，作为五谷之一，你们豆类，吃进嘴里即成佛，一日三餐即是佛呀！不高估自己也不低贬别人即是佛！"

抗战岂能儿戏

几年前，曾经写过一篇抗战题材的短篇小说，自我感觉非常良好。兴冲冲地发给一位外地的作家朋友过目，却引来一通痛骂。

当时觉得非常委屈，后来才想起，这位朋友是专门搞文史研究的，他说文章本身并没什么问题，特别是前面部分非常精彩，真正"惹怒"他的，是收尾部分。"你不想想，残酷的战斗中，身负重伤的男主人公，还可能坐在担架上和打扮得花枝招展的女主人公打情骂俏吗？打起仗来命都挑在枪尖上，你把抗日战争当什么了！"

一番话，说得我脸红到了耳根。

前几年，抗日"神剧"横空出世，极度夸张、雷人虚构，不管不顾，将战争游戏化、我军偶像化、友军懦夫化、日伪白痴化。抗日战争当真成了人皆谴之的儿戏？

抗日战争，中国伤亡人数达 3500 万。每一个数字都是一条鲜活的生命，是一双双哭干的泪眼、一个个破碎的家庭。综观抗战中的开州，岳溪、白桥、温泉等乡镇，都曾遭到日寇的空袭，为了保家卫国，1937 年

9 月至 1939 年 8 月底，开县送往前线的壮丁达 1.7 万之众。

大敌当前，开州儿女皆英豪！特别是人称"军神"的刘伯承元帅，敢于出奇制胜。抗日战争期间，其率领的 129 师在山西平定七亘村智斗日军。三日之内，反常用兵，在同一地点，利用同一战法，连续取得两次大捷，堪称抗战中的经典战例，被不少国家写入军事教科书。他曾经 2 小时消灭 1500 名日军，被赞神机军师。也曾成就伤亡 10 余人，毙日军 300 缴获无数的抗战佳话。开州人、著名烈士、黄埔军校三期毕业的王润波团长，在长城抗战中的古北口战役中壮烈牺牲，其 149 团打得只剩 5 人，打出了中国军人的尊严。28 岁的王润波用生命实践了生前"为救民族危亡，誓与日寇拼死斗争"的铮铮誓言，成为中华民族抵抗侵略英勇献身的典范。

牢记历史，不忘过去。让我愤慨不已的是，公历七月七日，作为侵华日军发动"七七事变"的"国耻日"，竟然有人大言不惭地在微信或者 QQ 里讨要红包，更有甚者，厚颜无耻地抱了鲜花高喊着要过"七夕"。牢记历史，就是牢记未来的使命，一个人真正觉醒，不是依靠别人"喊醒"，而是发自心底的自觉的觉醒。我还记得，2015 年 9 月 3 日，是中国人民纪念抗日战争胜利 70 周年的日子，为了观看阅兵仪式，那天我们专门早早地起床，洗漱完毕，等候在电视机前，全程观看阅兵仪式。而整个过程，母亲抱着我不满周岁的儿子一直陪伴在一旁，儿子胖乎乎的小手里，舞动着一面小小的五星红旗。是的，爱国主义教育，必须从娃娃抓起。

抗战绝非儿戏，我辈定当自强。

渐行渐近年归来

　　仔细想来，在中国人的传统观念中，恐怕没有什么比过年更加郑重其事了。过年，意味着新的开始，头年好的差的高兴的扫兴的亏本的赚钱的，除夕一过，一切都是一个新的开端，美好的愿景从这一天都开始孕育。

　　可能是生长在农村，家庭条件较差的缘故，我们对过年格外珍惜。珍惜父母给的一元压岁钱，珍惜父母提前半月开始打好的豆腐做的拳头大的肉菜汤圆，以及望眼欲穿的新衣服和过年才换上的新胶鞋。当然，更珍惜的是春节期间走亲串友的欢乐：到外婆家里当小客人的欢乐，和姑爷、老表们胡侃逗笑的欢乐，远离老师训导和作业负担的欢乐，更有杀年猪、买年货、贴春联的欢乐。

　　随着经济社会的飞跃发展，生活节奏明显加快。人们仍然会挤着火车扛着行李从新疆、内蒙古、深圳、哈尔滨往家里赶，不管是除夕夜到家里，还是正月初三到家，总之回了，看了老婆孩子，见了年迈的父母，给仙逝的亲人们烧了纸钱燃了鞭炮，就算是过年了。人是一种很奇怪的动物，对环境的适应性超强，但同样对环境的认可度超级敏感。不论多少人在一起，任你身处多么繁华的地方，但只要骨子里不是自己过年应该待的地方，便不能在内心真正得到认可，便会感叹：什么时候真正空了，回家过年去！

但是，从另一个角度看，穿越高山大海，或许你横跨八千里风云赶回家里，看着街面上穿梭往来的车辆和人们，却也会端起酒杯，不自觉地发出感慨：这年，咋就越过越没有味道了呢？

说了半天，味道才是年的关键，不论鞭炮，不论汤圆，不论亲友，不论小酒，有味儿才是关键。年，年复一年渐行渐近，年味却渐行渐远，在豪华的车轮里渐行渐远，在猜拳行令的吆喝声里渐行渐远，在稀里哗啦的麻将桌上渐行渐远，在攀比送礼的例行往来中渐行渐远，在我们不知道什么原因，反正不是味儿的年味里渐行渐远……

渐行渐近年归来，

渐行渐远年味去。

最忆来客欢喜时

小时候，除走过年和人户外，最大的期盼，应该是家里来客人了。

那时候吃的少，好吃的更少，能吃上一顿肉，除非是过年或者来客人才会有的幸事了，所以极盼望家里来客。

那时候，通信很不发达，是一个真正的"通信靠吼"的年代。那时候，谁家扛了锄头到地里干活，冷不丁邻居就扯起嗓子叫喊起来："某某某，你家来客人了哦！"

即使客主家本人没有听到，也会一个传一个很快传到主人家耳朵里的。听说来客人，主人家会立即丢掉手中的活儿，迅速跑回来。即使来的不是最亲的人，只要能沾上点亲戚，或是熟人，都是非常高兴的，即使是清早，也会极力挽留客人吃午饭。

说完事情，客人立刻要走，主人家也会一把拉住客人的衣袖，一边小跑进屋烧了开水，取了鸡蛋或者切了腊肉丝，为客人端上一碗热滚滚的吃食，在我们这里被叫作"烧茶"。而我们这些小孩子，眼巴巴地看着客人吃完，父母也不忍心，会将锅里的残羹剩肴"赏"一些给我们。如果客人明确表示能留下来吃午饭或者晚饭，那么主人家就得慎重地搭了楼梯，将墙上珍藏好久都舍不得吃的熏得黑里透黄的腊肉取下来，放在火上烧，那时候腊肉香，香气飘满整个村庄，人们就知道，这家准是来客人了。而我们这些小孩子，则上蹿下跳打杂，格外勤快、格外欢喜。

而现在，交通发达了，谁家有事，基本上一个电话都能解决，更时髦些的，天南海北直接微信语音或者视频就搞定，亲朋好友的交流根本用不上劳驾脚板了。

而现在，谁家来客，因为提前都已经知道，完全没有了丝毫的惊喜，来了就来了，走了就走了，激不起半点热情。即使多年没见的亲兄弟亲姐妹，或许你脱了鞋子或是套上鞋套，当你小心翼翼进屋后，人家该看电视看电视，该打毛衣打毛衣，头都舍不得抬一下，你心里顿时冷了一半。

遇到讲究些的，说了一大堆客套话后，自己该干啥干啥，则安排家人马上去弄菜，都是现成的熟食，到隔壁卤菜店切一个猪耳、半斤猪头肉，再拎回两瓶啤酒，就是一顿饭了。慎重些的，到隔壁餐馆点上几个菜，桌上寒暄几句，饭吃完了，他开他的奔驰宝马，你骑你的电动摩托，各自散伙。

现在，人们的生活水平越来越高了，特别是城里人，却最怕出去应酬做客，也最怕人家来家里打扰了——尤其是穿着土里土气，又拎着一尼龙口袋干杂的乡下亲戚。

像奶奶那样寂寞的人

　　入冬，我回到家乡的时候，季节已开始冷得发抖，大地寂寞得基本上没有什么动物走动了。

　　我站在院外，苏家大院里，疙瘩柴火毕剥作响。几个年迈的老太太围坐在一起慢腾腾地谈论着什么，不时传出一两声带着咳嗽的笑声。

　　正在说话的是上屋的李大奶奶，她说哎呀真是岁月不饶人啊，想起我们都才结婚那年，可真是有趣啊。他王大奶奶圆房那晚，我们躲在屋檐下听房，她家里那位比她小好几岁，横竖不愿和她同房，王大奶奶气不打一处来，一个劲地抱住他，硬是塞满一嘴奶子……可现在，唉，她硬是走在我们前头喽！

　　好一阵沉默，好像大家都在回忆着那一阵子开心或不开心的事，谁也不作声。她们的动作都很缓慢。房子的主人苏家小奶奶忍不住了。她往火盆里加了个柴疙瘩说：你们都好哦，儿女都在家，唯独我那些儿孙，都跑得远远的啦！

　　大伙却都埋怨起来了：你看你说的什么话哟，儿子孙子都读书，有

192

大出息了，什么都不愁，这不，你一个人还让住这么大的房子呢！

是啊是啊，房子大了，儿孙们都出息了，他小奶奶你还有啥不满足的呢！

苏家小奶奶抚摸着怀里乖孙女一样的猫儿，又用手拢了一下额角的白发，没有说话。按这说，其实我们都不差呢，不是吗？虽然我的儿子没考上大学，可他们日子不照样过得舒坦嘛，这时代，不同喽！刘四奶奶还是跟年轻时一样，不愿意服输，就像年轻时纳鞋底样，别人一晚纳出一双，她绝对不会弄一只来出洋相……

不知道什么时候，天色已渐渐暗下来了。老人们都站起身来，拿了拐杖颤颤巍巍地开始往回走了。苏家小奶奶一个一个地往门口送。终于，偌大的房子就只剩下她一个人了。仍旧只有猫儿偎依在她怀里。突然，苏家小奶奶的心里又开始空落起来。她朝着老姐妹们走去的方向咕噜着：明天都早点来啊！

我躲在大门的一侧，呆立良久，沉重的脚步始终没迈进院子。苏家小奶奶就是我的奶奶啊，多少年来，父辈们主要操心着他们的儿子也就是我这一辈，而我大了有了家，又操心着儿子，然而她最操心着的后辈们，却连回家看她一眼都这样艰难，还不如那只猫。

大地的寂寞，就是奶奶们的寂寞。若干年后，也成为我们的寂寞。奶奶那样寂寞的人，为我们守着岁月、守着老家，有奶奶的地方，就是故乡。

五米深的父爱

汤姆在降生那天母亲就因为难产去世了，而父亲杰克双目失明，仅仅靠瘫痪的外婆搓点绳子糊口。

一天，不满 5 岁的小汤姆突然喊肚子疼得厉害。这可怎么办呢？叫人帮忙，那是不可能的，因为邻居个个都看不起他们；叫救护车吗？那更是天方夜谭，因为不说别的，叫医院的人来，光出车费就上百数，付不起啊！

小汤姆在地上痛苦地翻滚着、哀号着。父亲实在忍受不住了：孩子，你还好吗孩子！小汤姆听见父亲的呼喊，才发现父亲比自己还痛苦，于是呻吟声小些了，但明显感觉得到他是故意克制着自己的。父亲二话没说，背起小汤姆就要往外走，楼下有一个非常便宜的便民诊所。

麻烦的是，他们的房子在 6 楼，而这梯子是环行的，下面就是 5 米多深的水池。外婆说杰克你背他下去吧，我在上面给你指路。说着，外婆就从床上挣扎着坐了起来。

杰克，向左拐一点，左边！

杰克，靠近扶梯，抓住扶手！

就这样一步一步艰难地向下走着，还算顺利。杰克心里想着，眼看着他们就要安全地下去了，外婆心里总算松了一口气。谁知道就在这时候，杰克踩到了一个废酒瓶，脚下突然一滑，只听啊呀一声，一个趔趄就摔倒了。等他爬起来的时候，小汤姆却不知道哪里去了。孩子你在哪里我的孩子？却听见下面的水池里传来呼救声：爸爸，我掉进水里了，爸爸，我在这里，快来救我啊！

听见儿子撕心裂肺般惊恐的哭叫声，杰克心疼极了。可他不会水呀，怎么办呢？但情况紧急容不得多想，杰克二话没说扑通一声就跳进了水里。楼上的外婆好久没听见响动，等她把头伸出来一看，才发现父子俩都在水里挣扎着、扑腾着，于是就着急地在上面助威：杰克，汤姆，你们都是好样的，我在上面等着你们，你们可千万要起来啊！

不知道是不是因为外婆的召唤，根本就不识水性的杰克，硬是把不满5岁的小汤姆从5米多深的水池里救了起来！外婆脸上终于露出了欣慰的笑容，激动地向楼下的父子俩翘大拇指，而这时候，被吵闹声惊醒本来准备骂人的邻居们，也纷纷鼓起掌来！

汤姆从爸爸怀里挣扎着站起来，激动地说：爸爸你真棒啊爸爸，我感到好骄傲！

杰克半天说不出话来，干涸已久的眼里，竟大颗大颗地滚出泪珠来，他抚摸着汤姆的肚子：孩子，还疼吗？

小汤姆微微一笑：不疼了爸爸，我肚子它早就不疼啦！

寂寞絮语

当你把头和手枕在孤单的枕头上，望着耀眼的天花板；当你把头伸向高楼的窗外，任月光惨白你疲惫的眉眼；当你故作潇洒地一甩头后，独自坐到桌前调一杯苦涩的浓咖啡、抿一口红酒；当你终于静下心来，看清真实的自己，然后听那些低婉的旋律，突然忆起早已逝去的伤感，你于是对自己淡然地一笑。

你没有对人说，我却知道，你很寂寞。

是的，你很寂寞。

但你不要去看山，千万年的屹立和忍耐，山早已习惯了沉默、独语。但或许你可以到山道上走走，你和松柏们亲切地握一握手，再闻一闻青草和野花，你说好舒坦。

但你不要去吸烟，烟是毒药，随时使你陷入更深的深潭，但你也不妨小小地抽它几口，轻轻地把愁绪吐出几圈。你是不是想起什么时候听人感叹过"寂寞如烟"？

但你不要去牵挂或者思念，那样你想着的人儿，就会趁机潜入梦里，

196

把你拉得很远很远。早上你整理凌乱的床单，你从镜子里看见谁的黑眼圈，你恍然大悟，原来那个人一直冲你招手，在你心里活蹦乱跳，泪珠滚满笑脸。

你终于不知所措。

你于是飞也似的匆匆逃进拥挤的人群，听人们兴奋地谈笑，你也跟着人们一起高声叫喊。

你于是捂紧耳朵，慌慌张张地服下数粒安眠片，梦中的那个人问你：

"你是不是看见了曾经爬过的那座山和那支曾经让你吐出愁绪和寂寞的烟？"

智者的话

一个刚出道的年轻人不知道自己该做什么好，于是想去找智者求助。可是智者是谁呢，该到哪里找他去呢？

年轻人于是找啊找啊，一天，他遇到一个白胡子老头说："万能的智者啊，您能告诉我，在不吃苦的情况下，怎样才能更快地成功吗？"白胡子老头想了想说："你去当小偷吧！"于是为年轻人选定了适于夜间工作的最佳时间、准备了最佳的行头，信心百倍地上路了。他想，有智者的帮助，收获一定会不小吧！于是全身心地投入到"工作"当中。自己会被抓住，这是压根儿都没想到的！结果年轻人被痛打一顿后，还被拘留了好多天。

年轻人又遇到一个慈眉善目的老和尚："大师，我在想，在不吃苦的情况下，怎样才能最快地到达成功的彼岸呢？"

"阿弥陀佛，施主，人生苦短，苦海无边哪！你何不趁着大好青春，好好享受呢！"年轻人于是到一个娱乐城里，过起了花天酒地的生活。

时间过得飞快，年轻人变得无精打采、心情灰暗，却一无所获。

年轻人感觉到自己的目的还是没有达到，他觉得两个所谓的智者都欺骗了他。一天，年轻人所在的娱乐城发生了一起暴力事件，其中一个拿长棍的壮汉显得格外英勇，大智若愚啊！看着壮汉那拼死拼活的样子，年轻人动了心："万能的智者啊，请收下我吧！"

"有种就跟老子来吧，废话少说！"壮汉说完大吼一声，冲了出去。结果没过多久，就被人打翻在地，半天都没爬起来。而身体瘦弱的年轻人，三下两下就被摔出多远，身体像散了架一样。

此时被人扔在大街上的年轻人，几经折腾，实际上已经不年轻了。无力生存，他只好做了要饭的乞丐。

做了乞丐的他有的是时间，他一边悠闲地晒着太阳一边思考问题。他终于从人们口中得知，那个白胡子老头其实是个刚从牢房里出来的江洋大盗，而那个慈眉善目的老和尚，年轻时是个有名的花花公子。

年轻人老了，头发胡子全白了。一天，又有个和他年轻时一样迷茫的年轻人来问他："万能的智者啊，您能告诉我，我该干点什么好呢？"乞丐哈哈大笑："年轻人，你怎么来问一个乞丐问题呢？我要是智者，我还会在这里吗？"年轻人想了想说："智者有乞丐和行人之分吗？乞丐无所求，和世人无所争，他们说出的才是真话啊！"乞丐愣了好半天："年轻人，你要是真想有所成的话，就不要相信什么智者的话，你自己决定，想干什么就干什么去吧！不过我敢断言，你是会成功的，就凭你敢于向一个乞丐讨教！"

年轻人向他深深地鞠了一个躬，走了。

很多年以后，那个年轻人又来了。他成功了！他是特意来感谢乞丐的。而乞丐，已经老态龙钟了，所有的人都把他当成真正的智者，甚至很多有事无事的人都有事无事地做了乞丐。回想自己的一生，乞丐像是对年轻人又像是对自己说："幸好你遇到的不是白胡子老头和老和尚那样的智者啊！他们都死了，哈哈哈……"乞丐望望自己行动不便的双脚，又望望自己已经睡了多年的"被窝"和身边破破烂烂的杂物，他哭了……

岁月似剪

恰逢清明节，黄菊花的幽香伴着香蜡纸钱的哀思味一缕缕向着天堂飘远，我们去送别一个英年早逝的同事。

周边墓碑上，有的面孔年轻，稚嫩得让人心痛，有的则苍老，慈祥的笑容永远凝固定格，两者形成鲜明的对比。于是有人拖长了声调无比感慨："这人啊……"

就在这时候，同行的一个老同事忽然惊叫起来："原来他在这里呀！"我们纷纷转过头去，本来非常矍铄的老同事，像一株被强霜打倒的茄子，一下子跌坐在地上，神色黯然。

我伸手去扶他，发现他眼里满含着泪水，嘴里不停地念叨着："原来他在这里，怎么就到这里了啊！"

躺在这个墓穴里的，是老同事的一个发小。他说，几十年的老交情，最近几年发小却悄然消失了，问及家人，只说去了远方，今天竟然在这里看见了他的照片。我心里一震，不知道怎么去安慰他。

单位三十多个男男女女，一齐儿站在墓穴前，低头、抽泣。同事生前是个非常要强的人，什么事都生怕落在人后，是个名副其实的工作狂。人生在世几十年，任你生前怎么操劳怎么吵闹怎么狂放，钱权美人，最终你都得统统放下。可仔细回想，生活路上，你注意欣赏一路的美景了吗？儿时，一件最心爱的玩具，在某段时间里突然不知去向，我疯一般找啊找，始终没见它的踪影，让我耿耿于怀好长一段时间。多年后，在搬家时偶然发现了它，然而我已经长大，不玩玩具了。

把人生比作树，岁月春雨一样丰盈我们的枝干，可另一方面，它又秋风一样褪去我们繁茂的枝叶，要不然，那些一直陪伴我们直到我们老去的光阴、记忆以及朋友们，他们都到哪里去了呢？